——你是我很重要的朋友,我不想今后和你毫无关系。

——她是我读不懂也追不回的人。

——她转身离开,而我没有拦住她。

……

那条没有被看到的短信,那包没有拆封的软糖,那句没有说出口的告别,终成过去。春天会再来,但是和你一起经历的那个春天不会再来了。

——春与错过。

时年

春日错过

时年 主编

长江出版社 漫娱图书

吴歧又问了自己一遍：周东春是个什么样的人？
是个笨蛋。

这样回想起来,吴歧才发现,教室外的交谈就是她们的最后一次见面。

the Regret of Spring

THE REGRET OF SPRING

黄靖焉做什么事都很认真，
阎嘉小心地用眼角的余光看着她的侧脸，

她的面部曲线流畅，下颌线清晰漂亮。

the Regret of Spring

THE REGRET OF SPRING

目 录
CONTENTS

最后一条河
TEXT · 檐中 —————— 001

夏天无事发生
TEXT · 司礼监秉笔背包叔 —————— 033

坐在最后一排的李同学
TEXT · 清酒一刀 —————— 059

藏匿苹果的飞贼
TEXT · 承德皂毛蓝 —————— 085

蓝洞
TEXT · 白昼梦 —————— 117

玫瑰种子
TEXT · 海盐柠檬糖 —————— 147

一文不名
TEXT · 朱奕璇 —————— 181

人类观察日记
TEXT · 魏辽 —————— 215

THE REGRET
OF
SPRING

CHAPTER 01

『这些日子，我一直在想，维纳斯消失前，她会想些什么呢？』

『或许在遗憾没能再次见到我们。』

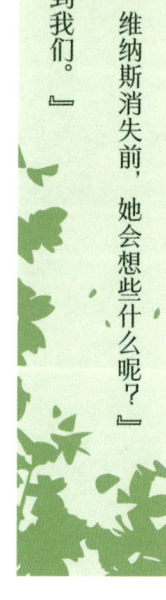

the Regret of Spring

最后一条河

文 · 檐中

Zui Hou Yi Tiao He

自来熟田径生 × 神秘寡言少女

最后一条河

ZUIHOU YITIAOHE

文·檐中

THE REGRET OF SPRING

世界成形的许多年后,有条河流路过我,
她在我的心脏上发出震耳欲聋的呼喊:
去奔跑,去奔跑,去追逐清风和晚霞,去到宇宙尽头。
但我是不可迁移的矮山,一生都在群山狭缝中观天边余火。
"带我走吧,带我走吧,带走我的魂魄。"
于是她带走我的魂魄,我们在时光洪流里漂泊,
见过陨石坠落的轮廓,暴雨在深夜高歌。
她的身躯被戈壁淹没,灵魂却依然鲜活。
"别回头,向前走,你的思想越广阔,越不该回头。"
我只回头看一眼她,瞬间时光逆转,河水干涸,
我们被裹挟着后退,退回某一段时刻。
从此再没有河流路过我。
——《最后一条河》

01

"你看那边攒动的人头,像不像一群蚂蚁?"

杨真坐在台阶上,熟络地用万花油揉着自己腿上的几处关节。她抬头朝对方说的方向望去,看见那边屋檐下挤满避雨的过路人,他们略显尴尬地站在一起,彼此被迫紧挨,却又极力收起手脚隔出几厘米来。

虽然奇怪素未谋面的女生为什么忽然和自己搭话,但杨真还是回复她:"还好吧。"万花油被温热的手掌推开,在她麦色的皮肤上推出一片红,她接着问,"为什么是蚂蚁?"

"因为人碌碌一生,从生到死,没有个停歇,蚂蚁不也这样。"

莫名其妙和陌生人说这个?杨真掀起眼皮看了眼对方,看见对方正支起下巴歪着头看她,另一只手还朝她递出湿巾。

平心而论,女生清秀干净的脸足以让人心生好感,只是杨真早把"怪人"两个字标签化地贴她身上,此刻再看她的脸,只产生了一种"好清秀的怪人"的想法。

杨真揉完腿,拧紧瓶盖,这才伸手去接,目光陡然落在对方缠着绷带的手上,于是伸出去的手一顿,片刻后她接过湿巾,佯装顺口一问:"你的手怎么了?"

对方极其自然地抬起手腕在她面前晃动了几下:"你说这儿?浴室的玻璃门炸了,我伸手去挡,被溅开的碎玻璃划了几道口子。"

杨真心里松了一口气,她擦着手上油光,"嗯"了一声作为回答。

第一章

雨没有转小的征兆，杨真擦完手，把湿巾揉成一团，起身去找垃圾桶："没伞的话我可以借给你，药店是我姑姑开的，你到时候还回来就行。"

"真的吗？"对方也跟着站起来，双手合十，做了个拜托的姿势，"你真是个好人。"

"等我一下。"杨真转身走进药店，在角落的货架顶端翻找自己的备用伞。

店内人声还是混杂的，但熟悉的声音更容易被捕捉到。

"你好，这里有没有氟……"

"这个是处方药，你有医生的处方单吗？"

"有、有，不过不是本市医院的处方单，可以用吗？"

"不是本市的？哪里的啊？先拿来我看看吧。"

是姑姑和语文老师宋松鹤的声音。

在他们的交谈声中杨真终于摸到伞。

没有旁人陪伴，女生一人站在门口显得有些寂寥，她的右手摸在左手的绷带上，不自觉地按压着。她怔怔地看着雨，没发觉杨真已经从店内出来。

"别按了，伤口容易裂开。"杨真把伞递给她。

"啊好，"她打了个激灵，思绪骤然回笼，"谢谢你。"

"不用谢。"

话说到这儿，她其实已经应该打伞离开，日后再挑个好天气把伞送回来，彼此之间可能再没有见面的机会。

然而女生接过伞，却没有要走的意思，她问："你想重新认识我吗？"

杨真没听清"重新"两个字,她笑起来:"可以啊。"

女生只是朝她伸出手,好似没有要交换社交账号的意思:"我叫宋图南。"

杨真伸手回握:"我叫杨……"

"杨真。"

"你认识我?"

宋图南心满意足地收回手,她笑吟吟撑开伞,对这个问题避而不言:"谢谢你的伞,我和外公先回去了。"

她上前挽住刚出店门的宋松鹤,两人一同走进风雨中。

02

澄阳市的雨总是下得短暂,周六才淅淅沥沥下了场雨,周一早上天空就放晴了。

因为升旗的缘故,所以体育生们周一不需要早练。杨真背着包,匆匆踩着《运动员进行曲》的鼓点进了校门,然后一路逆流而上,中途不时有人叫她:"杨真,快点啦。"

"放个包就来。"杨真挤过人群,噔噔上了五楼。

五楼走得没剩几个人,杨真从楼梯转角走出去,一眼认出走廊外墙旁站着的宋图南。

宋图南没穿校服,只穿了件宽大的长袖卫衣,上半身直接伏在墙上往下看。

尽管外墙高度够高,但杨真看着她,依然觉得有一种危险感,好像她就要这样坠下去。

第一章

她下意识拉住宋图南的手腕："小心点。"

宋图南被她拽得后退一步，茫然回过头，好半会儿才认出杨真，她抿抿嘴："怎么了？"

杨真一时语塞，总不能说我怕你掉下去，目光四处扫了扫，终于找到借口。她松开手，指着宋图南的卫衣："这个墙会掉灰，别趴上面。"

黄白色墙灰在深色卫衣上显得格外突兀，宋图南短促地"啊"一声，她用两只手拍了好一会儿，也只拍掉了一些浮尘，留下的痕迹如同印刷在衣服上，顽固得难以抹去。

她向墙灰妥协："算了，回家洗洗就好了。"

"也行。"杨真继续往里面走，她的教室是最里面那间，"你的校服呢？"

"我没有校服。"宋图南两手一摊。

"忘了带？难怪你一直站在这里不去升旗。"这个年纪的学生最擅长逃避，没有穿校服就不去升旗是最寻常不过的事情，杨真没觉得奇怪，"你别站外面，待会儿被教导主任抓到要全校通报批评的。"

正说着，教导主任中气十足的声音从楼梯口传来："谁在那儿？为什么不去升旗？"

"说曹操曹操到。"杨真嘀咕着，对教导主任的避让本能让她无暇思考自己为什么要躲，她再次握住宋图南手腕，拉着她一同跑进最近的教室，两人猫着腰穿过课桌，在最后一排的角落停下来。

外头教导主任已经爬完楼，朝着这边来了。

杨真轻轻地搬起椅子，示意宋图南先蹲在课桌下，等宋图南蹲进去后，她也躲进角落，轻柔地放下椅子，又把自己的背包摘下搁在椅子上，再扯出桌肚里的校服外套斜着搭在书包上。

"没人？怎么可能，这几个学生肯定是藏起来了。"教导主任是个碎嘴皮子，他假咳两声，故意说，"藏起来也没用，我一个教室一个教室找过去，还怕抓不住你们？"

他的皮鞋发出噔噔声响，走进隔壁教室，又从后门走出来，走进这间教室。

杨真与宋图南挤在课桌下，被书包撑开的校服遮盖住两人身影，也遮挡住了所有光。

突兀地在过度狭窄的空间中失去光明，又担心被教导主任发现，宋图南心跳开始加速，她察觉到自己的后背正逐渐沁出冷汗，她感受到眩晕冲击着她的大脑，感受到自己的呼吸变得急促而困难。

教导主任的脚步声越来越近，杨真看出她紧张，她缓慢地附在宋图南耳边，用极其轻的声音安慰她："别紧张。"

教导主任扫视一眼后排，没发现后桌下藏着人，他转过身，对紧闭的后门产生了兴趣："都说了不要把后门关上，这群学生就是不听。"他用力拉了拉后门，没拉开，"这门都坏了，小陆怎么不找后勤处理一下？"

他自言自语地从前门离开，倒忘了去下一间教室，反而走下楼，似乎要去找后勤修门。

杨真确认他离开后，猛然把椅子推出去。她站起来，松了一大口气，正准备把宋图南拉出来时，却发现宋图南脸色潮红，身子抖得厉害。

"喂,宋图南,你怎么了?"她慌忙把宋图南拉出来。

宋图南扶着桌子勉强站住,她语不成句:"让,让我……缓,缓一下就,就行。"

杨真不知所措,她想起小时候自己哭得喘不上气时,妈妈都会抱住她,用手轻轻拍着她的后背顺气,于是她上前抱住宋图南,学着记忆里的动作给她顺气。直到宋图南的呼吸逐渐稳定,杨真才敢停下手,小心翼翼地问:"你怎么了?"

"以前的一点心理阴影,害怕没有光的小空间。"

杨真内疚得几乎要跪下去给她磕头认罪:"对不起,我不知道你害怕。"

宋图南的脸褪去潮红后,只剩下惨白,她头疼得厉害,就好似有千百根针扎着她的额头两侧:"你去上课吧,我需要回家休息了。"

"我送你出去?"

宋图南拒绝了她:"不用,外公会送我回去。"

杨真这才想起来宋图南是宋松鹤的外孙女,哪怕是被教导主任抓住了,应该也不会被全校通报批评:"那你好好休息。"

"嗯。"

03

杨真的每一日都在复刻前一日,在成绩没有突破的日子里,越坚持人就越显得疲累,而在这种疲累中,她开始感到迷茫,倘若成绩一直没有提升,以后要怎么办呢?

"你校运会报了什么项目……喂,杨真!就算我去了趟厕所,你也不至于发呆发到看不见我吧。"蓦然有个声音打断她,杨真回过神,发现黄昭昭已经从厕所出来了。

"快走,待会儿迟到又要被小况罚了。"

黄昭昭同杨真一样,是田径特长生,因为两人班级在同一层楼,所以每次去训练,杨真都会来等她一起下楼——

上次和宋图南躲教导主任的座位就是黄昭昭的座位,她经常这样躲。

两人像风一样跑去操场,匆匆在队伍最末端站定。杨真向右对齐,调整站位时,余光忽然瞥见操场草坪上,有一个人正戴着眼罩睡觉。

上课的点儿,谁这么大胆在操场上睡觉?

"天天是你们两个最后到。"况晴咬着口哨,斜眼看她们,"好了,现在人齐了,先做个热身,慢跑两圈,跑完去压腿拉伸十分钟,然后小步跑、高抬腿、后蹬跳各两组,做完休息五分钟,准备开始速度耐力训练。"

口哨声响起,大家一齐跑起来。

他们跑步的动静还算大,很快惊醒在睡觉的人。

她掀开眼罩,但被阳光刺得睁不开眼,于是抬起胳膊挡在眼上,而杨真正好在跑道内弯,挨着对方头顶跑过,与她仓促对视。

是宋图南。

此时的宋图南实在漂亮,她睁着惺忪的眼,那手臂的阴影正投在她这双眼上，反衬得她眼中水光更明亮。她的头发轻飘飘落在草面，宛如一匹乌黑绸缎铺在草上。

宋图南没有说话，眼神却像在说：你还记得我吗？

杨真不知不觉想起那日和宋图南一起在桌子下躲避教导主任的事情。

为此她失去了自己的节奏，但一个田径生不能打乱自己的节奏，她只是短暂地走神。

小步跑、抬高腿、后蹬跑，所有热身运动让杨真无心去思考宋图南的存在。

四组200米跑完，况晴在杨真身边站定："好，这周速耐练到这儿，你们小跑四五十米慢慢停下来，然后两人一组，互相捏一下大小腿。杨真原地小跑，留一下，我有话和你说。"

杨真松了一口气。

揉完腿后，大家一同把海绵垫放回器材室，杨真从器材室出来，看见宋图南依然保持着双膝并立的姿势躺在操场上，她犹豫片刻，拒绝了黄昭昭一起回家的邀请。

她走向宋图南："你还好吧？"

"什么？"宋图南想了会儿，才明白她问的是上次的事，"挺好的。"

"不然我请你吃饭吧？"

宋图南仰起头："你要是觉得过意不去，就带我去买本书吧。听说你家小区前面有家书店。"

杨真欣然同意。

04

书店叫希望书店,共两层。

杨真在门外停她的小电驴,宋图南率先进店,她环视了一眼一楼的书架标签,径直走上二楼。二楼大部分是名著和工具书,她仰着头,一本一本看过书名,最终还是取下了自己最为熟悉的那本书。

杨真停好车,也跟着上了二楼:"你想买这本书?这本书卖得挺好的,我帮很多人买过。"

"很多人?"

"对的,因为我家就在书店后面,所以从初中开始,我就会帮一些不方便去书店的同学买书,教辅、名著、小说这些都有,有时候也会有同学纠结到底买什么名著,一般这种时候,她们就会让我随便买。"

宋图南合上书,垂眼看着书名。

"我也不知道买什么,我就问收银员,你们这里卖得最好的名著是什么?收银员说:'《百年孤独》啊。'"

这本书正是《百年孤独》。

"那你有没有看过这本书?"

"很早之前看过一遍,时间太久,已经不记得讲的是什么了。"杨真也找了本已经拆封的试阅本,随手翻开一页,念道,"奥雷里亚诺,马孔多在下雨。"

宋图南极其自然地接过下一句对话:"别犯傻了,赫里内勒多,八月下雨很正常。"

第一章

"这么长的人名你也能记住,你记性很好啊。"杨真肃然起敬。

"我的记性不太好,之所以能记住,是因为我看了很多遍。"宋图南平静地陈述事实,"以前有人和我聊起过这本书,她说,如果每一代人的命运注定相同,那走向衰落未必不是一种反抗。很奇怪的'解题'思路对吧?一代起家,二代繁荣,七代走向灭亡,无论从家族发展还是每一代的人生来看,都不能……"

"我现在站在这里,像个绝望的文盲,不仅看不下去,还有些听不懂。"杨真痛苦地把书放回书架上,"田径已经削弱了我的思考能力。"

想要继续交流下去的兴致戛然而止,宋图南陡然丧失了站在书店里的理由。

多年以后,我站在她面前,忽然想起她将书递给我的那个早晨。那天学校正严查小说,她把书裹在怀中,奔跑着进了教室,书从校服中被拿出时,塑封上还留有水雾。我问她为什么藏起来,名著不在严查范围内,她挠着头说她忘了。她短暂地与我聊起书的内容,而我尚未翻阅,错过了畅谈机会。后来我设想过,在某一日和她畅谈书中内容,她会有更多有趣的见解,但我唯独没有想过,我们再次站在一起提起这本书,她说她听不懂。

宋图南的情绪表现得太明显,让杨真有些措手不及:"你是在生气吗?就算是生气,至少也告诉我原因吧。"

"因为我突然发现,即便我们有过多次交集,但在你的视角里，我依然是一个陌生人。"宋图南语气冷淡地说道。

杨真愕然，她想说我们曾经有过交集吗？但是见宋图南神色依旧冷漠，这话还是问不出口。

她给了宋图南更多的耐心："能不能给一点提示？"

给出提示你就能想起我吗？宋图南心想。她终究有些动容，因此把手中的《百年孤独》塞进杨真怀中："送给你，希望你再次看完这本书。"

杨真下意识接住书："我家其实有一本……对了，我家就在后面，你要来我家坐一坐吗？"

"我不去陌生人家里。"

"我们不算陌生人吧？再说了，我们一没有加好友，二没有相互给手机号，万一你要找我怎么办？"

"我没有理由找你。"

"那我做你的树洞，以后你就有理由找我了。"

"我不需要树洞。"

杨真快被她气笑了，她强硬地抓住宋图南的手，牵着她下楼结账，再牵着她走进背后的老式小区，走到自己家楼下。

她指着二楼的窗户对宋图南说："这个是我的房间，你如果想找我，可以在这儿喊我，只要我在家，我就听得见。"

见她还想拒绝，杨真严肃地喊她名字："宋图南！"

宋图南抬眼望着二楼的窗户，好一会儿才说："知道了，我该回去了。"

"那你路上小心。"

第一章

05

澄阳九中开校运会时,杨真在人群边缘看见了宋图南。

她坐在操场看台最上面的位置,正低着头写着些什么。她分明置身人群中央,杨真却觉得她身上有一种与世隔绝的寂寥感,为了驱散这寂寥,杨真穿过操场,来到她身边。

"在写什么?"

宋图南用手盖住文字:"不告诉你。"

"这么神秘?"杨真左右看了看,宋图南两侧的人丝毫没有要起身离开座位的打算,好在最后一排不影响任何人的视野,她索性就这样站在宋图南面前。

"你看完书了吗?"宋图南仰着头看她。

杨真面色一僵,她十分没底气地说:"看了一半。"她实在不爱看这个类型的书,每次看不了几分钟就昏昏欲睡,现在别说一半,三分之一都没看完。

宋图南没追究杨真话里的真假,她只是点点头,然后掩着纸张继续写下去。

她的字迹不似人清秀,潦草得颇有一种狂过天下的劲,杨真低头看了好半会儿,没认出来她写的是什么。

"我待会儿要跑100米和200米,你会给我加油吗?"

宋图南写完最后一个字:"我坐在这里就是为了给你加油,你……"

"杨真!谁看见杨真了?"况晴借了个扬声器到处找杨真。

"这里!"杨真高声回应,然后按住宋图南的肩,说道,"小况找我，我估计要开始跑了，等我跑完再来找你。"

九中的赛事分年级和男女组，男子组跑完接着是女子组，100米跑完接着是200米，高一跑完接着是高二。因此高三女子组的100米决赛，杨真毫无意外地和黄昭昭站在同一起跑线前。

黄昭昭和杨真互相较劲，纷纷表明第一必然是自己。然而100米跑完，名次出来后，杨真以落后黄昭昭0.09秒的成绩拿了第二名。

她的心情像从山谷滚落的巨石，一路向下，找不到可以停下的点。但同时她又觉得很荒谬，在此之前，在日常训练中，她也不是没有输给过黄昭昭，可哪一次都没有这次难过。

为什么呢？难道是因为有熟悉的人在看，所以格外在意输赢？

杨真的视线慢慢往看台上移动，目光在看台上转了一圈，也没能看到宋图南。

宋图南去哪儿了？

女子200米开赛时，广播里正在播一封匿名稿件："给杨真写广播稿的第三年，她依然不知道我是谁……"

杨真身边一片哗然。

"哇，三年，这得从高一就开始写吧？"

"这也太用心了吧？好羡慕这个叫'杨真'的女孩子啊！"

"羡慕啥？肯定是好朋友写的啊。"

黄昭昭用手臂钩住杨真的脖子，低声问："人家给你写了三年，你怎么还不去认识人家？"

杨真本就因为输了比赛不高兴，现在又被这篇广播稿推到舆论中心，正觉得烦躁，她用手肘撞开黄昭昭胳膊，没好气地说："她为我写广播稿我就要认识她？你走路上遇见一个人说暗恋你三年了，现在要和你求婚，你也立刻答应对方吗？"

黄昭昭直觉不对："这不一样吧？"

"边上去，别讨嫌。"

"女子200米决赛，高三组准备开始比赛！念到名字的同学找准自己的跑道……"

杨真站在3号跑道上，听见匿名稿件似乎念到了尾声。

"运动员突破自己的记录需要很长的时间，还需要一个很不经意的契机，这篇稿子或许并不能让她抓住机遇，即便希望渺茫，我仍想尝试，替她叩开这扇门。杨真，别困在24.78秒的过去……"

广播到此戛然而止，随后广播里出现一阵尖锐的电鸣声，等广播恢复正常，她们已经换了一篇广播稿。

杨真直觉后面还有内容，只是不知道为什么没念出来。24.78秒，她上次测试的成绩，知道这个成绩的人只有一同训练的校友，还有……

还有当时在操场写试卷的宋图南！

广播稿是宋图南写的，她给我写了三年广播稿！

杨真脑中乱糟糟一团，好在比赛的枪声响起，所有乱七八糟的念头被枪声击散，她下意识跑出去，脑中却只留有一个念头——跑快点，再跑快点！校播音室不会留着投稿人的手稿，去晚了，手稿就会与其他稿子一起被扔进垃圾桶。

离开了许久的节奏忽然在这一刻回到自己身上,呼吸的频率、手臂的摆动、脚步迈出去的大小……

杨真仿佛推开了一直阻碍着自己的门,门的那头是无穷无尽的碧海蓝天。

"24.35!"况晴惊喜的声音在身后响起。

杨真顾不上和其他人庆祝自己的突破,她喘着气扒拉开围绕在她身边的人,朝着播音室跑去。

播音室内只有隔壁班的班长于榕在,因为与黄昭昭的关系,杨真和她也有些交情。她似乎知道杨真会来,只可惜她正念着新稿子,腾不出空来打招呼,于是她朝桌面另一头指了指,示意杨真去那边找。

杨真轻而易举地找到宋图南的手稿,她的手稿很好认,毕竟没有人的字迹与她相近,她喜欢把竖弯钩的钩写得圆滚滚。

在手稿的背面写着一首诗,杨真根据排版,认出了这是当时宋图南坐在看台上写的文字。她默念着其中一行,小心翼翼地把手稿折起来,揣进裤兜。

杨真在小竹林那儿找到了宋图南,她仰着头坐在路缘石上,手里捻着几根酢浆草来回转动。

"怎么坐在这儿,在等什么吗?"杨真在她身边坐下。

"在等夕阳,也等你。"宋图南顺手揪了一朵粉红色小花送给杨真,"恭喜你跑第一。"

杨真接过花:"你没有看我比赛,怎么知道结果?"

"因为我从来没有见过你跑第二。"

"我100米就……"杨真话说到一半,才想起她跑完100米时,宋图南已经不在看台上了。她闭上口,不再提及此事。

她们并排坐在一起,在沉默中迎来夕阳。

在夕阳中,宋图南倏尔说:"学校食堂后有条小路通往老公园,走下楼梯是扇锁着的铁门,门后有个老旧的维纳斯像,夕阳落在她身上很美。我有时候坐在台阶上,透过铁门看夕阳,都会想一个问题:到底是夕阳本身就很美,还是夕阳落在她断臂上所营造出的矛盾感很美?"

杨真听着觉得有些不对劲:"九中食堂后面也有老公园?"她蓦然反应过来,"你初中是在景宁读的?"

那个维纳斯像杨真也记得,她偶尔会买个面包,坐在铁门前的台阶上吃,吃完后,她会望着维纳斯像放空自己。

"我初一初二在这儿读,初三转走了。"

"好好的为什么转学?"

"因为妈妈搬去永州定居了,所以我跟着转学。"

杨真若有所思:"那高中呢,也在永州读的?"

"嗯,在永州一中。"

永州一中,全省一本率最高的高中。

"现在学习很紧吧,怎么就来了澄阳?"

"因为病了,所以妈妈帮我请了三个月的假,让我来澄阳养病。"

杨真还想问是什么病,却听见宋图南突然问起另一件事:"杨真,你真的想不起我是谁吗? 就算想不起我,自己说过的话,为什么会忘呢?"

她们曾经在一个学校就读,看过同一座雕像,一个为另一个写过广播稿,另一个又为一个买过书……

她们的交集如此密切,却有一个人始终隐身在另一个人的视角中。

杨真的心猛地跳了一下,她在此刻倏地站起来,站在宋图南面前:"我也许快想起来了,再等一等我。"

路缘石的高度实在太低,想直接站起来有些难度,杨真朝宋图南伸出手,想让她起来得更轻松。

因为长年累月在室外训练,杨真身上总有一种来自阳光的朝气,她的肤色偏麦色,所以当她背对夕阳时,余晖的反射让宋图南有些看不清她的手臂在哪儿。

她打算伸手摸索一下,却恰好触碰到杨真的手掌,杨真当即握住她的手,将她拉起来。

06

宋图南度过了一段很平和的时光。

除去晒太阳、做作业、上网课这些日常事项后,她开始频繁和杨真一起去食堂吃饭,具体吃中饭还是晚饭全看当日宋松鹤的课程安排——她总是有足够的耐心等杨真训练完。

偶尔吃完饭还有些富裕的时间,杨真就会陪着她在操场上散步。

杨真会问她:"你想过未来吗?"

她的答案也逐渐从"我没有未来"转变成"也许像你说的

第一章

一样,明天会更好"。

大部分时候,她们的聊天状态都是杨真说,宋图南听,少数时候,宋图南会问杨真书看得怎么样,记忆回溯到哪一块区域了。

杨真苦哈哈地说:看了,看完了,没看懂,这书里的人名为什么都这么长这么像,真的有人记得住吗?她还会自信地说排除了班上哪些人,又锁定了哪些人。

但说得最多的,其实还是景宁门口的那座维纳斯。

"我们找个机会回去看看吧。"杨真说。

"等你休息吧。"

杨真只有星期六下午有半天休息时间,这半天,她会在训练结束后去药店找姑姑揉腿,在姑姑那儿吃个中饭,然后回家倒头就睡,吃完晚饭后才开始做作业。

"好啊,我们这周六去吧?"

宋图南挑辣椒的手一顿:"下周六吧,这周六妈妈要来,我要和外公一起去接她。"

杨真猛然想起宋图南不是九中的学生,她只是在这边休养三个月,时间到了就要回永州,回到属于她的学校。

"阿姨来看你吗?"

"嗯,她说想我了,所以来看我。"

杨真干巴巴地说:"那,那她挺爱你的。"

宋图南没有否认,只是把所有的情绪都藏进眼底让人看不见它们。

她盯着自己手腕上的疤,像在说服自己:"嗯,她爱我,我也爱她。"

杨真顺着她的目光望去，看见她手腕上的绷带已经拆除，露出缝过针的几道伤痕，那疤痕看得人触目惊心，让杨真心底隐隐作痛。

"你手上的疤，消不掉了吗？"

"消不掉，划得太深了。"宋图南抬眼看她，"怎么突然问这个？"

"看见它就觉得你当时一定很疼。"

"可能吧，我不太记得了。"

"疼你都不记得？"

宋图南放轻声音说："因为妈妈比我更疼。"

杨真问："你妈妈也被碎玻璃划伤了吗？"

"当然没有啊，我的意思是，"宋图南停顿了一下，垂下眼，"当她看着我的伤口流泪时，我就明白她比我更疼。"

宋图南从没怀疑过妈妈爱自己这件事，但她有些时候会觉得这份爱过于沉重，让她没有办法承受。

在来澄阳之前，她拒绝了妈妈要她带手机的要求。她知道自己一旦服从这个要求，就不得不消耗很多精力去回复妈妈的询问，她会问作业做得怎样，有没有看老师的教学视频，跟不跟得上大家的进度。

而所有的问题她都需要一个满意的答案，倘若没有，她便会先入为主地把错误归因到宋图南身上，然后刨根究底，逼迫宋图南低头，承认自己的不是。

她的世界以宋图南为中心，紧接着才是父亲和她的二婚丈夫——宋图南的继父。这个男人暗恋她多年，这些年没有结婚，

第一章

没有孩子,在得知她离婚带着一个孩子后,他开始了长达三年的追求。

在他承诺会把宋图南当亲生女儿,并且这辈子都不再要孩子之后,他们结婚了。

宋图南成了他们唯一的孩子,她拼命学习,在不喜欢的长辈面前表现得落落大方,她不想让别人因为她而对妈妈产生意见。可是她忘了,尚还年轻的弓弦绷得太紧,总要被拉断的。

宋瑶来的那日,她们度过了今年最温馨的半天。这半天中,她没有提起成绩,没有提起未来,她带着宋图南与父亲去逛商场,给父亲买了一套茶具,给宋图南买了一只玉镯。

"玉挡灾,妈妈希望你以后健健康康。"玉镯戴上宋图南的手腕,掩盖住部分伤口。

宋图南抱住她,把头闷在她怀中:"谢谢妈妈,我爱你。"

晚上九点,宋图南被催着吃药睡觉,躺在床上闭着眼,却惊觉自己没有任何睡意,她听见妈妈悄悄推开她的房门,然后摩挲着她手腕上的伤口,叹了一声又一声。然后妈妈轻轻为她掖好被子,转身出了房间。

"宝宝现在状态挺好的,每天愿意出门,吃完药也能睡得着,情绪也很稳定。我在想,是不是可以让她回学校上课了?"

"宋瑶!我早说了你不该把孩子逼得这么紧,你就非要逼着她是吧?当时说好最少让她休养三个月,现在才一个多月,你就反悔了?"

"她毕竟高三了,一中竞争又那么大,不去学校怎么跟得上大家的进度？她要是考不上一个好大学，这辈子就废了。我为她做了这么多，不就是想要她考个好大学，将来出人头地吗……"

"句句都是你为她做了什么，孩子的压力就是从你这里来的，她体谅你一个人带着她生活不容易，又体谅你二婚不容易，她就是太体谅你，才把自己逼出病的。人生不会因为考不上好大学而毁掉，你小时候我教给你这句话你还记得吗？"

他们争吵时都压着声音，生怕吵醒了宋图南，然而睡不着的时候，宋图南总能听见更多声音，因此她听见他们不欢而散，谁也说服不了谁。

她的眼泪流进枕头里，宛若流入河水的雨。

晚上十点，宋图南开始头疼，她迫切地想要入睡，但每日半片艾司唑仑已经不能让她入睡，她只好爬起来，把剩下的半片药吃了。

晚上十点半，宋图南依旧没有睡着，她睁开眼看着窗外的月亮，心想：月光那么凉，维纳斯站在月光下，她会不会冷，会不会寂寞？

她忽然迫不及待想和杨真一起去见维纳斯，于是她偷偷换好衣服，蹑手蹑脚地出了家门。

站在杨真楼下，她发现自己没有办法开口喊出声，现在这么晚，杨真或许睡了，就算没有睡，她的呼喊声也会惊扰到其他住户。

她呆立站在杨真家楼下，踌躇许久，不知道要不要离开。

第一章

"宋图南?"杨真的声音突兀地出现在这个夜晚,"你怎么在这儿?"

宋图南猛然仰起头,看见杨真房内开了灯,她打着哈欠揉着眼,语气中充满困惑。

"我想去看维纳斯。"宋图南补充道,"现在,你要陪我去吗?"

"好啊,我陪你。"杨真脱口而出,然而说完她就愣住了,现在?现在十一点十七分。

杨真开始后悔,现在这么晚,明天又要上课,她也在不停打着哈欠,但怎么就说了"我陪你"三个字?

好在宋图南仰着头,扑哧一笑,说:"这么晚了,怎么可能真的让你陪我出去啊。"

这是杨真第一次见到宋图南笑,她的心慢慢放下去,她想宋图南虽然行为有点让人捉摸不透,但总归是明事理的。

宋图南朝她挥挥手:"那我回去咯,晚安。"

灯光那么昏暗,她站在窗台边,看不清宋图南的脸,却忽然觉得她身上萦绕着一层烟,这层烟隔绝了宋图南的真实情绪,将它雾化,露出千篇一律的体贴。

宋图南整个人都要被雾化。

杨真握紧窗帘,始终没法做到拉上它。她看着宋图南走远,看着她的身影融进黑夜里,被吞噬得毫无声息。

这一夜杨真也没有睡着,她躺在床上翻来覆去,脑中思绪杂乱,一会儿是宋图南为什么忽然这么晚来找自己,一会儿是明天要怎么向她说对不起。

最后所有的念头都被拨开,露出了中间那个最微小却也最

强烈的想法——其实我应该陪她去的

07

大抵是愧疚过深，维纳斯在杨真脑中久久不散，她的初中时代由维纳斯引出，又在朦胧睡意里被粉碎成诸多碎片，而她游离在梦的长廊，逐一观看。

初一那年，澄阳市的雨下得极少，大旱让澄江的水位线飞速下降，也让气温逐渐升高，才五月份，最高气温就已经达到了34℃。

燥热让杨真不愿回家，也不愿意坐在没有空调的食堂里吃饭，她在食堂买了两个面包，然后朝着食堂后面的铁门走去，打算吹吹晚风。铁门前坐着自己的同班同学许迎南，她抱着膝盖，头埋在其中，似乎在哭。

杨真站在她身后，走也不是，不走也不是，犹豫好半会儿后，她轻轻坐在了许迎南身旁，小声问："怎么了？"

"没怎么，"许迎南的声音闷闷的，听起来倒是没哭，她问了一个古怪的问题，"如果一直不下雨，是不是所有的河都会干涸？"

杨真双手撑在背后，她看着维纳斯，随口说道："可能吧，但不会是现在，我们看不见这种情景。"

许迎南换了个将脑袋枕在手臂上的姿势，她侧过头，又愿意向杨真吐露心声了："我爸妈离婚了，就在今天。"

"啊？那你是在因为这个难过吗？"

"我不难过，妈妈离开他是好事。"

话题过于严肃，杨真不自觉地坐直身子："可是你现在看起来很难过。"

"我没有。"

"好吧,不过你如果高兴,也可以流一流高兴的眼泪。"

许迎南一怔,眼泪忽然就落了下来。杨真手忙脚乱地从口袋里翻出纸巾来给她擦眼泪:"哭慢点,要擦不过来了。"

同年冬,杨真开始替人"代购"各种书,起先是教辅,然后是名著,渐渐地,变成小说居多。为此,杨真早上进校门时腰杆都不敢挺得太直。

许迎南也找过她带书——自从那日得知许迎南的心事之后,她们之间的气氛就变得尴尬起来,许迎南不主动找杨真,杨真也绝不主动找对方。

反正两人只是同学,算不上有什么交情——但许迎南找她,杨真还是比较乐意帮忙的。

"你想要买什么?"她这样问许迎南。

许迎南说:"都可以,你随便买就好。"

这委实让杨真思考了很久,最终也没思考出个结果。她在收银员的推荐下买下《百年孤独》,又怕对方不喜欢,所以自己也买了一本。当天她拆开塑封,连夜看完这本书,周一把书交给对方时,还发表了一些感言来证明自己有用心在挑。然而没过几日,她就把书的内容忘得一干二净。

诸如此类的小事确实不少,只是两人从未深交,疲惫的大脑也因此把不够深刻的记忆藏起来,她没有再想起她,也没把形销骨立的宋图南与记忆中微胖的许迎南联系在一起。

如今杨真终于想起来，她迫不及待想要等天明，想要告诉宋图南。

然而当天真的亮起，她来到学校，却发现宋图南消失了。

她被妈妈带回永州，连告别都来不及说。

杨真从宋松鹤那儿问来了宋图南的手机号，她看着精神大不如前的宋松鹤，心神恍惚。

晚上到家后，杨真的第一件事就是给宋图南发短信道歉，一条短信编辑了半小时，唯恐文字会模糊掉自己的情绪，让宋图南产生误解。

对不起，我不知道你妈妈会带你走，我那天应该陪你去的。后面你好几天没出现，我以为你病了，直到今天我去问宋老师，才知道你回永州了。真的很对不起。

还有，我想起你了，许迎南。

短信成功发出去，宋图南没有回复。

杨真捧着手机，反复熄屏亮屏，生怕错过宋图南的短信，直到困意上了头，她握着手机睡去。

心里挂着事，睡觉便睡不沉，杨真在五点多醒来，她迷迷糊糊摸到手机，发现宋图南给她发了三条信息。

04:43
你想起我了。
我没有生气，不用说对不起。

04:44
永州下雨了，听着雨声好难入睡。如果可以的话，找时间

第一章

替我去看一看维纳斯,那天我没能看到她。

第二天训练完,杨真特意绕了路,她以"忘带校牌要回去拿"为理由溜进景宁中学,然后顺着食堂后面的路走下去。

铁门依然是那扇斑驳的铁门,但门后没有维纳斯,也没有老旧公园的痕迹——它在前两年被铲平了。

晚上杨真向宋图南汇报了这件事:后面的老公园被铲除了,开发商好像打算做个商业街。

宋图南依然在凌晨回复她。

她们开始隔着"时差"分享日常,模式照旧是杨真在说,宋图南在应。虽然回复间隔很久,可杨真乐此不疲,就连等待的时间她都觉得快乐。

平安夜那晚,杨真突发奇想,看起从澄阳市去永州的高铁票,票价不算贵,时间也在一小时内。她给宋图南发短信:我们元旦有一天假,我来找你?

短信提示音响起时,时间还没有到十点。宋图南从不会在十二点前回复她,然而杨真没有细想,她只是以为平安夜的宋图南早一点拿到了手机。她一边记录去永州的攻略,一边拿起手机看对方发来的信息。

现在学业紧张,她没有时间陪你玩,不要再打扰她学习了。

杨真浑身的血液仿若被冻结。

她们的联系断在了这一天。

08

元月九日,距离这学期的期末考不足十天。

在众人忧心期末考的时候,杨真唯一担心的是考完了还是联系不上宋图南怎么办。她的担心太过明显,连黄昭昭都看出来了。

黄昭昭找理由拽着她出去吃饭,两人坐在粉店里各自点了份牛肉粉,黄昭昭问:"你不会也在担心期末考试吧?"

"没担心这个。"她把和宋图南聊天被宋瑶发现这件事安在"我的一个朋友"身上,讲述给黄昭昭听。

黄昭昭恨铁不成钢:"手机联系不上就找机会去见她啊,她妈总不能连门都不让她出吧?"

杨真心想也对,反正马上就要考完,到时候阿姨总不会觉得宋图南没时间了吧。

她抽了双一次性筷子,撕开包装,将两根筷子相互摩擦,去掉上面的竹刺。

竹筷摩擦间,她听见店内的电视报道了一则新闻。大意是永州发生了一起高空坠物砸死人的惨案。

原来是二十八楼户主养的猫摔下来,正巧砸中一位路过的学生,猫与人同时失去生命体征。听说那学生还是重点中学的优秀学生,家长得知消息后哭晕过去,不肯接受猫咪主人的调解请求。

两人沉默许久,黄昭昭长叹一声:"意外真是说来就来,好惨的学生,父母该有多伤心啊。还有这户人家,住二十八楼养猫还不封窗,猫咪跟了他们也是倒霉。"

杨真低头看着手上的筷子,心想:宋图南也经常走路发呆,我得提醒她注意安全。

回家后,杨真往那个熟悉号码发送了新消息:你一个人出门,一定要注意安全。

果然无人回应,杨真失望地把手机塞进枕头下。

这晚,杨真梦见了宋图南。

梦里是个雨夜,那雨水融汇成河流,冲刷过记忆里每一块干涸的土地,宋图南没有打伞,她坐在维纳斯的左肩上,闭着眼仰着头,享受着雨水落在脸上的感觉。

杨真想走上前为她打伞,然而当她撑着伞往前走,却发觉每走出一步,宋图南离她的距离就远了一步。

于是她困惑地停下脚步,但她们之间的距离并没有因为她的停下而静止不变,宋图南依旧越来越远,远到她费尽全身力气都无法追逐。

梦中不知过去多久,宋图南终于睁开眼,她的眼眸亮得像一捧火焰,与整个雨夜格格不入,可她的声音是沙哑的、低沉的,几乎要与雨声融为一体。

"这些日子,我一直在想,维纳斯消失前,她会想些什么呢?"

她总是会说一些令人难以接住的话,问一些不太可能发生的事,杨真以往总不能理解她的思路,偏偏这一次,她好似能听懂宋图南话中的意思。

她认真地回答着："或许在遗憾没能再次见到我们。"

宋图南站起来，她朝着她走来，然后牵起她的手，她们离得这么近，近到可以看清彼此的睫毛。

"我见到她了。"宋图南说。

杨真又听不明白了："什么？我听不懂。"

宋图南温和地笑起来："听得懂也好，听不懂也罢，都没有关系，反正我们不会再见面了。"

"什么意思？"

"字面意思。"

宋图南轻轻抚过她的头，留下一个告别的眼神："再见了，杨真。"

杨真伸出手，想要抓住她，可雨夜、维纳斯与宋图南在这一瞬间都以崩塌的形式消失，杨真没抓住任何人。她只觉得她的心也跟着一起坠落，风钻进她空荡的胸膛，发出一阵寂寞而悠长的呼啸。

杨真从寂寞中惊醒，她走下床，拉开窗帘，发觉窗外其实并没有下雨，月亮高悬着，照亮每一个空荡的角落。

她想，宋图南可能看不到短信，等期末考试结束，亲自去永州告诉她好了。

End

THE REGRET
OF
SPRING

CHAPTER 02

她回过头吗？汪珂不记得了。

the Regret of Spring

夏天 ✿ 无事发生

文 · 司礼监秉笔背包叔

活泼阳光富家女 × 阴郁倔强优等生

Xia Tian Wushifasheng

夏天无事·发生
XIA TIAN Wu Shi Fa Sheng

文·司礼监秉笔背包叔

THE REGRET OF SPRING

01

盛夏还未完全走远的日子总是伴随着忽然高照的艳阳，明明前一天还下了场暴雨，但隔天返校时何悠却又被猝不及防的烈日晒了一脑门子汗。

她懒懒散散地跟在妈妈身后，女强人性格的妈妈动作麻利地帮她办完了入学手续，又问她要不要住校。

得到否定的答案后顺利替她办了走读证，仅仅十几分钟后她妈就把所有资料装在袋子里递给她，随便叮嘱了两句便离开了。

何悠把资料塞进书包里准备回班级，这时她看到汪珂迎面向自己走来。

何悠犹豫了一下就抬起手向汪珂打招呼，对方却只是简单点了点头就一个人进了办公室。

尴尬了一秒钟之后何悠默默把手插进口袋，脚步轻快地回到了教室。

开学后何悠就正式步入高三了，她们学校一直都是直升，除非特殊情况否则不太会重新分班，因此她刚一踏进教室就听到朋友叫她名字。

"太热了，学校什么时候装空调啊？"朋友一边说着一边掏出纸巾在脸上猛擦。

何悠从朋友那里顺了一张纸巾后也擦了擦脑门上的汗："等会儿领完书是不是就可以回家了？"

朋友拍了拍她的大腿："想得美！还要参加开学动员大会呢，估计不折腾到两三点不会让咱们回家的。欸，你今年住校吗？"

何悠摇着头："我才不，我家离学校就二十分钟，我干吗住校。"

"真羡慕啊。"朋友伸了个懒腰往后靠去。

说话间汪珂也回到了教室，她独自一人走到教室的角落里找了个位置坐下，没有和任何人打闹，仅仅是一个人坐着，长长的耳机线隐没在她的黑发里。

朋友也注意到了汪珂，她悄悄拉了下何悠的衣角，贴着何悠的耳朵说："我跟你说啊，汪珂的父母离婚了，她跟着她爸，但她爸根本不管她。"

何悠的目光轻轻扫过汪珂，声音也压得很低："你怎么知道？"

朋友喷喷了两声："我跟她不是一个小区的吗，我妈是居委会的，她把她爸告了，说他遗弃自己，居委会调解了很久她爸才不情不愿地给她生活费。

"不过我妈说她很倔，告亲生老爸这种事一般人做不出来，调解的时候她就一直梗着脖子说她要继续念书，要生活费，她爸被磨得没办法才给了钱。"

朋友的语气听不出敬佩，到底是看热闹的心态占了主导："我估计她连住宿费都拿不出来。"

何悠没有说话，她低头揉着手指，过了一会儿才借着看后面吵闹的同学转过身去，目光时不时地掠过坐在窗边的汪珂。

哪怕教室里已经充斥着喧闹和笑声，汪珂依然只是微微侧着头看向窗外，外面阳光正好，大片大片的绿色植物绵延成一片，像是流淌的河流。

02

其实汪珂的事情，何悠比朋友还早知道。

何悠虽然家住市中心，但她平时也不爱在家待着。

她父母都是高级知识分子，父亲常年在外地出差，母亲又忙于工作不怎么回来，空荡荡的家里只有她一个人。

因此高二结束的那个暑假她提出去外婆家住一段时间，陪陪外公外婆，她妈妈当然是没什么顾虑地答应了。

何悠的外婆家也在本市，不过在比较偏远的郊区，她小时候还是挺经常去的，毕竟她爸妈没什么时间照顾她，但自从她开始上学后就去得少了。

好在她性格外向，有事没事就给外婆打电话，现在已经快十七岁了，和外婆的感情依然不错。

她到外婆家没几天就在附近的便利店里遇到了汪珂，当时汪珂正在店里打工。

说起来她和汪珂已经做了两年的同学了，但说话的次数却屈指可数。

她对这个女孩的印象仅仅停留在学习好、不爱说话和长得漂亮上。

发现汪珂是营业员的时候，她已经选好东西站在结账处了，此时再想要把选好的东西放回原处偷偷溜出去显然更加尴尬。

因此她只能硬着头皮站在收银台前一边看汪珂扫码，一边考虑假装认不出同学的成功率有多高，还没等她计算出结果就听到汪珂说："一百一十二元，请问微信还是支付宝？"

"微信吧。"何悠连忙掏出手机付了钱，从汪珂手里接过袋子，听到汪珂没什么语气地说了一句："慢走。"

慢走。

等到何悠拎着东西出了门才反应过来：欸？汪珂这是没认出自己？虽说她们确实没什么交集，但自己存在感这么弱吗？

想到这里何悠又停下来往便利店里看了两眼，汪珂就站在收银台后面拿着书——似乎是一本英语读物，也不知道是在学习还是在"摸鱼"。

何悠撑着伞眯着眼看了汪珂一会儿,轻轻哼了声,这才拎着东西回了外婆家。

没过多久何悠的小表弟也来了外婆家,何悠迫不得已带着小表弟去便利店买零食。

五岁的小娃娃一进店就到处跑,一会儿要这个一会儿要那个,何悠拎个篮子跟在他身后拿东西。

可是没多久小表弟就叫了起来,一边比画一边说:"那个呢?我要那个!"

何悠不耐烦:"哪个啊?你不说清楚我怎么知道?"

小表弟蹦了起来,拿手继续比画:"就是那个!"

何悠抬手把汗湿的头发都扎起来,余光看到一个穿着店员服的人靠近了。

"何悠。"对方叫她,"是这个吧?"说着就递过来一袋宝剑造型的软糖。

何悠把软糖接过去展示给小表弟看:"是这个吗?"

小表弟立刻开心地说:"嗯!"

于是何悠把软糖扔进了篮子里,转头问汪珂:"你怎么知道是这个?"

汪珂继续整理货架,头也没抬:"好像是最近的热门糖果,不少小朋友过来买,我一猜就是。"

眼看小表弟又去选雪糕了,何悠轻轻靠着货架,低头看着汪珂:"原来你认出我了啊。"

汪珂大概是觉得这句话有些好笑,她站起身看向何悠:"我们是同学,我为什么会认不出你?"

何悠看着比自己高一点的汪珂,忽然有些恼火:"可是你上次都没有叫我名字。"

"因为你也没有叫我啊。"汪珂平静地叙述,"我不知道你会不会希望被我认出来。"

非常普通的一句话,但何悠隐约捕捉到了汪珂表达里的那一丝自嘲。她下意识地抠了抠手指:"你,为什么在打工啊?"

"在赚生活费。"汪珂对于自己目前的窘境很坦然,"我爸妈离婚了,但他们都不愿意给我钱。"

得到这个答案的何悠一时间似乎也想不到该说什么,正好小表弟选好了雪糕叫何悠去帮他拿,所以何悠走过去帮他拿好了雪糕。

再转头的时候汪珂已经离开货架回到了收银台后面,正在帮顾客结账。

她瘦削的身体挺得笔直,连细长的脖子都倔强地挺立着,明明怎么看都是个稚嫩的未成年少女,但身影却透着不合称的锐意。

03

正当何悠以为整个假期她都会在便利店看到汪珂时,却连续好几次扑了空。

第一次她以为只是自己去得不凑巧,接下来几次发现汪珂都不在的时候她终于忍不住问了店员,对方听说她是汪珂的同学就很快吐露了实情——

汪珂去告了自己的父亲。

汪珂的父母离婚后她就跟着父亲一起生活,母亲那边很快就联系不上了。

父亲还有自己的家,对汪珂的生活不太上心,甚至觉得汪珂没有必要继续上学,已经好几个月没有给生活费了。

等到开学后汪珂势必是没有很多时间打工的,如果这样的情况持续下去汪珂可能真的要退学了。

听到这样的消息,何悠忽然有些后悔自己的询问了,她只是汪珂的一个普通同学,即使知道了这些也做不了什么,但是如果汪珂知道自己知道了这些事,可能两人就更难正常相处了吧。

想到这里她赶紧跟店员说:"姐姐,你千万不要跟汪珂说我知道这些事了啊。"

店员姐姐有些奇怪:"怎么了?"

何悠还没来得及开口汪珂就推开门走了进来,她拎着一个包裹,虽然看到了何悠但却视若无睹地转过身对那位店员说:"衣服我都洗好晾干了,麻烦你跟店长说一下。"

店员赶紧接过包裹:"好,你的事情顺利吗?"

汪珂抬眼看了店员一眼,又转过头看了看正假装挑东西实际上竖着耳朵偷听的何悠,然后轻轻摇头。

店员也叹了一口气,摸了摸汪珂的耳朵:"总归没那么容易的。"

汪珂没再说什么,只是挤出一个不算阳光的笑容,然后叫了何悠的名字:"何悠,走吗?"

何悠从货架旁探出头:"叫我干吗?我又不是来找你的。"

汪珂和她对视着:"真的吗?那我走了。"

"欸欸,等一下。"何悠匆忙伸出一只手拉住汪珂的手腕,同时从货架上随便拿出一个东西走到收银台结账。

汪珂被她拉着回到收银台,摊在台面上的正是上次小表弟想要的软糖。

"给表弟买的?"汪珂问。

何悠把软糖塞进裤子口袋里:"我自己吃不行啊。"说着她就继续拉着汪珂的手腕把人带出了门,"你最近都没来上班啊?"

汪珂回头看了一眼便利店:"嗯,我辞职了。"

这下轮到何悠惊讶了,她转过身与汪珂面对面,表情很是诧异:"那你上学怎么办?你不会退学吧?"那一瞬间她想到了看过的很多新闻,脑子里闪过无数不太妙的可能性,下意识地问,"你,你要嫁人了吗?"

汪珂被她的反应笑到了,她实在想不到何悠是怎么把辞职和嫁人这两件事联系起来的。

"我只是找到了更赚钱的新工作而已。"汪珂难得露出一个没有负担的笑,"什么嫁人啊,我才多大啊。"

何悠松开她的手腕长舒一口气:"太好了,所以你会和我一起毕业吧?"

汪珂上下打量了一番何悠:"只要你没有因为成绩太差被开除。"

第二章
DI ER ZHANG

　　何悠立刻不忿地踩了汪珂一脚："滚吧你，我成绩好着呢！"但刚踩完又拉着人去树荫下站着，把粘在脸上的头发都梳到脑后，一只手充当发圈禁锢住那些不听话的发丝，另一只手给自己扇风，顺便问汪珂的新工作是什么。

　　"给一个电商公司当服装模特。"汪珂看着何悠脖子上的汗，递给她一张纸巾。

　　何悠从来没有打过工，她听着这个略微有些陌生的工作就心生不安："靠谱吗，会不会被骗啊？"她皱着眉，眉心堆起一个小小的"川"字，"你怎么找到的啊？"

　　汪珂没答，反而问何悠时间，她掏出手机看了一眼："两点半了。"

　　时间已经不早了，汪珂笑着说："没关系的，是朋友推荐的工作，我现在就要乘车过去了，你先回家吧。"

　　何悠也没说要不要回家，只是继续问："你就一个人过去吗？"

　　汪珂一边说着是啊，一边催促她赶紧回家不要中暑，而自己则是一个人慢慢往公交车站走去，但何悠在树荫下停留了一会儿就大踏步地追上了汪珂。

　　"总觉得不能让你一个人。"何悠用手掌在眼前撑起一个小屋檐，"走吧，我陪你一起。"

　　汪珂说的电商公司也在郊区，但与何悠的外婆家分别位于城市两个不同的角落。

　　两个人上了车默契地走到最后一排坐下，何悠在空调与阳光的双重作用下有些昏昏欲睡，汪珂从包里掏出一本书看了起来，何悠半睡半醒地靠在汪珂的肩膀上。

"什么书啊？"何悠问。

汪珂把书翻过来给她看封面——《我的天才女友》。

何悠听过这本书但对它没什么印象，她不是那种爱看书的人，于是摸出手机和耳机。

正在认真看书的汪珂忽然感觉一只纤细的手撩开自己的长发把耳机塞进了自己的耳朵里。

她想侧头看何悠，但何悠的脑袋就搁在她的肩膀上，只能看到一个黑漆漆的头顶，何悠正埋着头翻歌曲，另一只手又窸窸窣窣地在口袋里摸着什么。

于是坐在公交最后一排的汪珂一侧是夏天充沛的阳光，一侧是突然熟悉起来的何悠，喜欢的书摊在膝盖上，耳朵里是她没有听过的日文歌。

就在这时，一个宝剑造型的软糖被小心地放进了她的手心。

"送给汪小朋友。"何悠笑弯了眼。

04

模特的工作比想象中要辛苦，汪珂一下午换了五十多套衣服，拍了几百张照片，拍到后面的时候汪珂甚至有些站不住了，镁光灯烤得她皮肤有些泛红，眼睛也因为闪光灯的关系有些不舒服。

好在这一趟收获的报酬很丰厚，摄影师似乎也很喜欢这个皮肤白皙、长相清爽的女生,还特意要了她的联系方式,说以后会给她介绍工作。

当两个人从创业园区走出来时外面的天已经全黑了,何悠赶紧给外婆打了电话,告诉外婆她和朋友在外面吃饭等会儿再回去。外婆叮嘱她不要太晚回来,小女孩晚上在外面不安全。

"我才不是小女孩,我可是马上满十七岁的'精壮劳动力'呢。"何悠笑嘻嘻地挂了电话,转头看到汪珂正看着她。

"你想吃完饭再回去吗?"汪珂问。

何悠摸摸肚皮:"确实有点饿了,不过也有点晚了,我们去买点吃的就搭车吧。"

结果汪珂却没买。

"家里有中午做的饭,我回去再吃就好。"汪珂这样解释道。

何悠不疑有他,结过账就跟着汪珂一起上了公交车,两人还是坐在了最后一排。

大概是时间有些晚了,车上除了她们只剩一个年纪略长的叔叔在打瞌睡。

何悠一边吃着饭团一边感慨:"模特工作还挺辛苦的呢。"

明明是辛苦的那个,汪珂却没有点头,还是如往常一样挺直着腰板说:"其实还好,比收银员工作时间短,赚得也更多。"

一口饭团被何悠嚼了二十多下都没咽下去,她在回想中午店员姐姐说的事,虽然觉得自己没有什么立场去问,但是她确实非常在意。

汪珂注意到何悠出神的样子,于是拍了拍她:"怎么了,在想什么？"

何悠回过神，眼神有些游移："在想你的事啦。"汪珂继续看她，何悠的身影倒映在她清澈的眼睛里，她慢吞吞地说，"如果你爸爸不给你钱，你要怎么办？"

汪珂的声音如同她的眼神一样清澈，她说："只是会辛苦一些，我存的钱足够我读完高中了。大学的开销会更大些，等我成年了我爸更加不会给我钱了，现在他有义务抚养我，如果我能存下更多钱，就可以去更远些的地方读大学了。"

明明两个人年纪相仿，但何悠从来没有考虑过这些事，她甚至还没想过要去哪里念大学，功课不过是需要应付的麻烦事。当她烦恼午睡的空调太凉时，汪珂已经在为生计与未来做打算了。

这位在不久前还陌生的同学，此时却用自己的坚强让她喉头发紧，眼眶泛红。

她用力掰过汪珂的肩膀，让汪珂背过身子面对自己，汪珂被迫看向窗外，精致冷漠的办公楼与商场亮着灯光，路灯暗淡得仿佛萤火虫，她是被遗落在城市角落的一个小小生命。她听到何悠的声音从身后传来。

"我们会长大的，你会离开这里去创造你的世界。"何悠的声音莫名掺杂着些哽咽，"你一定可以的，一定会实现的。"

少女清脆的嗓音虔诚得像是在祈祷，在这辆缓慢破旧的公交上，向着不知名的神明留下微不足道的愿望。

05

回到家的何悠后知后觉地发现自己并没有汪珂的联系方式，汪珂也不再去便利店打工了，两个人就这么自然地断了联系。

何悠在外婆家又待了一段时间后接到妈妈的电话说爸爸回来了，趁着假期他们准备带她去海边玩一趟，庆祝十七岁生日，顺便散散心。

其实何悠怕热又怕累，但爸妈都这么说了，她也没有什么别的意见，收拾收拾就跟着爸妈一起出了门。

旅程很紧凑，也很忙碌，何悠还要忙着补作业，一路上只记得人群和汗水了。

唯独有一晚她吃完饭一个人去了海边，坐在路边看星星，旁边有个人问她："你有惦记的人吗？"她愣了一下："惦记的人？"路人笑着换了个更舒服的姿势："你想啊，如果我们无论走到哪里，都有可以惦记的人，不是会觉得很幸福吗？"

何悠学着对方的动作打开手臂撑在身后，仰着头直视星空，无视被风吹散的长发，感受海风吹过每一寸肌肤。

她在想：汪珂在干吗呢？

汪珂拿着最后一笔模特费礼貌地向摄影师道谢，马上就开学了，她也要结束和电商公司的合作了，她需要更多时间来复习功课。

赚钱是为了能够去读更好的学校，因此她向来都知道什么是最重要的。

摄影师叼着烟跟她闲聊:"你上高几啊?"

汪珂换好了自己的衣服,背上包,将最后一口水咽下顺势回答:"开学后就是高三了。"

摄影师想了一下,忽然问:"第一次跟你一起来的小姑娘后来怎么都不来了,她条件也不错,有没有想过当模特?"

汪珂的动作停顿了一下,然后她轻轻摇了摇头:"我觉得她不会感兴趣的,而且我和她不熟。"

摄影师倒是有些意外:"她都陪你过来了,我还以为你们是很好的朋友。"

汪珂没有再说什么,只是对着摄影师摆摆手就走了出去。

今天比较幸运,拍摄工作结束得较早,不过天色也渐渐暗了,走着走着路灯就亮了起来。

实在有些饿,所以汪珂去买了晚饭,跟何悠那天一样,坐在公交车最后一排吃饭团——这是她今天的第一顿饭。

今天一早,她刚起来准备做点早饭她爸就上门了,一脸的不善,骂骂咧咧地就开始训她。

从她记事起爸妈就没有好好在一起过,时常争吵打骂,后来妈妈就很少回家了,爸爸在外面又有了一个家庭,其实她一直都知道。

妈妈离开家之后基本上都是她一个人生活在这个房子里,起初爸爸还给她一些钱,随着她的长大,给的钱也越来越少。

告她爸其实是社区阿姨给出的主意,她们看不惯她爸的作风,也心疼汪珂一个人生活,所以都劝她要趁着未成年跟她爸

第二章

多要点生活费，不然以后有的是苦日子要过。

在社区的调解下，她爸终于松了口，当场给她转了一笔钱作为她这个学期的学费与生活费，这笔钱再加上她这个夏天赚的钱，至少维持目前生活已然无忧。汪珂终于放松身体，露出了一个符合她年纪的笑。

这个夏天她的笑容也太多了吧。

她不由自主地想起了何悠，和何悠在一起的时候也总是忘记烦恼忍不住笑，何悠的开朗可爱是那么容易让人卸下心防。

其实她高一时就记住何悠了，军训的时候何悠总是找各种借口躲去树荫下，还会对着发现她偷懒的汪珂扮鬼脸，一点都不怕被教官处罚。

可是很快汪珂就知道她和何悠是完全不一样的人了，何悠家就在离学校不远的高档小区，看得出来经济条件优渥，家庭也很和睦。

在爱里长大的她养成了不设防的性格，总是能和不同的人打成一片——除了她。

在整整两年的同学生涯里，她们几乎没有说过话。如果不是这次意外，她们应该像过去的两年一样做毫无交集的路人甲乙，分列毕业合影的两端，是听到其他人提起都想不起名字的旧同学。

汪珂低头看着手上的饭团，和何悠那天买的是一样的。

06

开学那天汪珂迟了一些才到学校,上楼的时候她看到了何悠的母亲。

何悠的母亲在学校里是名人,在何悠入学的那年给学校捐了一个实验室,那时候何悠站在她母亲身边显得有些局促,带着一丝少年人的尴尬。

汪珂看到何悠的母亲就往后退了一些,侧着身子让对方先走,何悠的母亲也没有谦让,穿着精致昂贵的西装目不斜视地从她身边经过,疏离中又带着一丝高傲。

汪珂目送着何悠的母亲下楼后才继续往前走,没走几步就看到何悠朝自己走来,看到自己后露出一个浅笑,犹犹豫豫地抬起手想跟自己打招呼。

汪珂下意识地躲避了她的目光,如同过去两年那样对她简单点了点头就低头进了办公室。

办公室的老师收了学费与书本费后问她:"还是一样走读吗?"

汪珂点点头。

老师一边帮她办理手续一边说:"虽然你成绩还不错,但高三很重要,你家又那么远,每天走读太浪费时间了。"

汪珂说:"谢谢老师,我在来回路上都会背单词,不会浪费时间的。"

老师知道汪珂家的情况,所以也没有再说什么,把所有单据整理好给她后就让她走了。

走到新教室后，汪珂随便选了一个不太显眼的位置就坐下准备听英文课文，这时一个男生被好友推搡着，跟跟跄跄地倒在了她的课桌上。

她吓一跳，抬起头，从道歉的男生们中间看到何悠看向自己的眼神，微微皱着眉，不知道是在不满她冷漠的态度还是在责怪男生们太过吵闹。

汪珂赶紧对男生们说没关系，随后站起来往外走。当她穿过人群往卫生间走去的时候，总感觉有个人不紧不慢地跟在她身后，她没在意继续往前走，等踏进卫生间后却忽然转过身等了一会儿——

果然是何悠。

何悠冷不丁被人堵住只能往后退了一步，然后仰了仰头："干吗？我不能上厕所吗！"

汪珂浅笑："暑假过得开心吗？"

何悠慢悠悠地靠过来给她看自己明显黑了一个度的脖子："你看看，我都成双色的了。"

明明能去海边玩是一件开心的事情，但在何悠的叙述里却好像很是煎熬，因此汪珂也没有再多问。

但汪珂的沉默没持续多久，她就听到何悠小声问她："欸，开学后你还去兼职吗？"

汪珂摇摇头："不去了，我申请了走读，本来学习的时间就不多。"

何悠想着汪珂家与学校的距离，心里莫名泛起一点酸涩，太辛苦了。

这种辛苦不仅体现在每天早起时天还没亮，晚上到家天已经黑了，更体现在这种苦是长久的、煎熬的、缓慢渗透的，整整一年汪珂都需要这样往返，没有一刻能够喘息。

而归根结底，这一切不过是因为她要省下并不高昂的住宿费用。

但何悠好像除了心疼以外也做不了任何事，她也不过是一个住在家里依靠父母的高中生而已。

07

每一届高三生的生活都大同小异，没有什么意外也没什么惊喜，除了大家发现何悠和汪珂的关系居然变好了。

每到休息日，放学时何悠都会跑到汪珂的座位旁问她要不要一起回家，连何悠的好友都忍不住问她："你们一起回什么家，你们家离了有十万八千里吧。"

何悠把马尾甩在好友的脸上："干吗啦，我外婆家和汪珂家很近，我周末回去看外婆啊。"

好友被她的动作烦得不行，但也没耽误继续嘀咕："以前也没看你这么勤快地回去看外婆啊。"

何悠不理会她："我孝心泛滥不行啊，你都多久没去看外婆了，不孝女。"

被倒打一耙的好友立刻按住她一顿暴揍，被揍完的何悠背上书包一甩头发，屁颠屁颠地跟着汪珂出了校门，上了去郊区的公交车。

第二章

看外婆不是假的，但是在外婆家吃完晚饭，何悠就找借口说去同学家写作业溜走了。

在微凉的晚风里何悠欢快地穿过两条街到达一个老旧的小区，熟练地踏上某一栋楼的楼梯，到达404室的门口后何悠用衣摆把脸上的汗稍微擦了擦，敲门，开门的毫不意外是汪珂。

"晚上好，我来写作业啦。"何悠露出一个大大的笑容。

汪珂也有点无奈，但在过去的两个月里何悠已经不请自来好多次了，她只能侧过身让何悠进来，看着何悠自说自话地找出筷子夹走自己最后一块红烧肉，也只能无奈地笑了笑。

作业只写了两页，何悠就趴在汪珂的床上开始玩游戏了，被说了好几次也不愿意起来，直到汪珂求饶一般地呢喃："你还没洗澡啊……"

何悠赶紧一跃而起，从汪珂的衣柜里翻出宽大的衣服后就钻进了卫生间，没过多久就顶着一头湿发和一身水汽出来了，继续趴在汪珂的床上玩游戏。汪珂只能拿了毛巾，坐在她身侧给她擦头发。

何悠像个小动物一样蹭着汪珂的毛巾，感慨道："感觉汪珂很会照顾人呢。"

汪珂无奈："是觉得我很适合伺候人吗？"

何悠哈哈大笑，整个人都倒在床上，逼得汪珂直叫："头！头！不要把水沾到毯子上！"

眼看时间也不早了，等汪珂洗完澡出来何悠已经乖乖把头发吹干了，正躺着等她。汪珂把风扇的位置调整好，让风尽可能多地吹在何悠的身上。

灯光刚熄灭没多久，何悠耐不住寂寞的声音就传了过来："这样真好啊，要是能一直这样生活会很幸福吧。"

汪珂只当她又天马行空地乱想了，漫不经心地"嗯"了一声。

"我在想，如果我现在已经长大就好了。我们可以一起上同一所大学，在校外租一个小房子，我们都一起住在里面，你可以睡到太阳晒屁股再起床，可以不用担心学费，可以有更多时间去做喜欢的事而不是赚钱的事情。"

何悠的声音在黑暗里显得那么清晰，清脆中又带着雀跃，她的情绪是饱满而充沛的。

她伸手握住汪珂的手，天生体温偏低的汪珂就算在这样的气温里手背都有些凉，落在何悠的手心里后也逐渐温热起来。

但是何悠的声音不知道为什么逐渐有些虚，像是飘在空气中的水分子，似乎还带着一丝期待与忐忑，她转过头小心翼翼地问："汪珂，你觉得我描述的那种生活会实现吗？"

"我觉得……很难吧，我们到底是不一样的。"汪珂大大的眼睛微微垂了下来，她侧过头看着何悠深邃的瞳孔。

仿佛过了很久，汪珂忽然用力将手从何悠的手里抽出来，她是那么用力，像是将全身的力气都倾注在那只手里一样。

她的动作是那么快，但在何悠看来却像是慢动作一样将她的全部感知都无限放大。

汪珂的手那么凉，她苍白的脸色在夜里显得那么颓唐，可是她的眼睛还是那样亮，像是世间所有事情她都能够洞悉。

她躲开了何悠的眼神，用力握着拳，在何悠的注视中低下头，她说："我不愿意说。"

夏天无事发生

053

第二章

何悠温热的手心在汪珂的手抽出去后也一寸寸地凉了下来,她轻轻呼吸了一会儿,忽然嗤笑了一声,像是一切都没发生过一样轻巧地说:"不说就不说嘛,那么沉重干吗?"

她背对着汪珂把自己蜷起来,她只觉得风扇吹出来的风太冷了,吹得她全身都凉飕飕的,好像把夏天存的阳光都一并吹走了。

08

第二天一早何悠早早起来了,去买了豆浆和油条之类的早饭,一早就痛快地吃了一大碗,一点都看不出来昨晚不愉快的痕迹,让汪珂甚至有些怀疑昨晚的一切只是一场梦。

吃完早饭何悠接了个电话后瞬间神色痛苦起来,一边说着"好啦,我马上回去",一边背上了包,"我得走啦。"

何悠对着汪珂快速说了一句就走到了鞋柜旁开始穿鞋,打开门的一瞬间,纤细的女孩子被穿堂风吹起了衣角,白色的宽大短袖在她身上显得空荡荡的。

后来的很多年汪珂总能回忆起这个早晨,昏暗客厅的餐桌上放着简单的早饭,而那个白到发光的女孩推开门沐浴在阳光下,连由于没有好好吹干而翘起的头发都柔软得像是小动物的毛发。

她有回头吗?汪珂不记得了。

那天何悠匆忙离开是为了什么汪珂一直不知道,但是自那之后何悠就没有再跟着汪珂回过郊区，她忽然忙了很多，除了补课以外还去参加一些实践课程，连朋友都很少能约她出来。

后来听说她在申请国外的大学，因为申请的时间已经比较晚了不得不加快进度。

在学校的时候何悠依然会偶尔来找汪珂，有时候是问她作业，有时候是抱怨自己快要被榨干了，有时候是无目的地闲聊……但汪珂知道不一样了。

有一次汪珂看着何悠明媚的脸庞皱成一个小笼包，忍不住想用指腹按住她的眉心，可是她的手刚伸过去，何悠就条件反射地往后退去，眼神里是诧异，也是失落。

悬在半空的手就像在暗示两个人的关系一般。

何悠和汪珂最终没有能够一起毕业，何悠被国外的学校录取后提前一个月就要离校了，她搬走的那天很多人围着她问东问西，她抱着自己的东西一一跟大家告别。

就在大家以为她要走的时候，她忽然走到了汪珂身边，倾身靠过去，下巴搁在汪珂的肩膀上："我要先走了，希望以后再见的时候你已经实现你的愿望了。"

汪珂下意识地反问："那你的愿望呢？"

何悠一愣，然后温和地摇摇头："不用了。"

汪珂还想问什么，但老师在门口叫何悠的名字，好像是老师们也都想和她说些什么，汪珂只能眼睁睁地看着何悠走了出去。

而此时汪珂发现自己的课桌上多了一个小小的纸袋，摸起

第二章

来还有塑料的声音,一定是刚刚何悠落下的,汪珂忽然有些开心,她觉得何悠一定还会回来拿的。

可是没过多久她就听到同学们说何悠要走了,汪珂赶紧拿着纸袋往走廊走去。此时何悠已经快走到校门口了,汪珂想也没想就朝楼下跑去,可是哪怕她跑到了楼下,何悠也已经走出去了。

汪珂快速奔跑的步伐堪堪停住,刚刚还轻快的脚步不知怎么竟沉重了起来,她攥着纸袋看向何悠,何悠似乎感知到了什么,转过身来和站在教学楼下的汪珂对视着。

可能是隔得太远了,也可能是渐渐涌起的眼泪让视线里的一切都模糊了起来,汪珂看不清何悠的表情,但总觉得何悠对自己说了再见。

那个纸袋就一直留在了汪珂的桌上,直到高考前夕被她带回了家,放置在自己每天学习的书桌上,却始终没有打开。

后来汪珂如愿考上了一所南方的大学,为了赚生活费她又继续去打工,在忙碌和紧张里暑假似乎转眼就过去了,夏天无事发生。

就在汪珂收拾东西准备出发去上大学时,她注意到了那个小小的纸袋,她忽然有一种感觉,这不是何悠无意中丢下的,是她送给自己的。

她伸长手把纸袋拿过来打开。

小小的纸袋里装了一包软糖,就像那天在公交车上逗她开心一样,何悠最后一次哄了她。

汪珂静静坐在地板上,在空荡荡的房间里她胸口起伏着呼吸了好几次,平缓却又好像是从心里挤出来一般苦涩。

过了很久,她垂下头用手捂住了脸,在指缝里发出了一声呜咽。

End

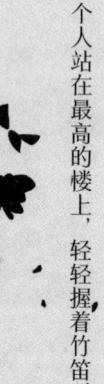

THE REGRET OF SPRING

CHAPTER 03

黄昏里,我看到李小满一个人站在最高的楼上,轻轻握着竹笛,就这样吹起来。后来我再也没有见过她。

the Regret of Spring

坐在最后一排的李同学

吹竹笛的李同学 × 隔壁班的林同学

文·清酒一刀

Zuo Zai Zui Hou Yi Pai De Li Tong Xue

坐在最后一排的李同学

<small>L I
Tong Xue</small>

文·清酒一刀

THE REGRET OF SPRING

01

自从上个月隔壁学校凭借"心理素质教育课"评选上市四星中学,教学楼走廊尽头的杂物间就被清洁工收拾出来,门上被叮叮当当地钉上了铁牌——心理咨询室。

心理医生在这座十八线小城还是个罕见职业,校领导琢磨着心理咨询和思想政治都是四个字,想来差不太多。

于是我一个刚进学校的实习生,莫名其妙地成了这所普通高中第一个也是唯一一个兼职心理老师,每天下午都要在这里值班。

在我"无证上岗"胆战心惊的第一个月里,学校里风平浪静,甚至都没什么人路过我这间看起来破破烂烂的心理咨询室。

这也正常，好歹我也是个老师，学生们大多不想和老师聊天，更遑论和老师谈什么心理问题了，八成觉得心理咨询室是学校搞的幌子。

就在我逐渐放松，甚至开始在杂物间"摸鱼"的时候，门被人推开了。

那是一个黄昏，放学的铃声回荡在操场上，学生们结伴向外走，而她就这样站在我的办公室门口，紧攥着门把手。她身形实在是壮，就这样往前踏一步，就像是想拆了我的门。

我认得她，坐在高二（九）班最后一排的李同学。

02

我见到她是在我的第一次心理咨询课上。

九班是高二的差班，整个教室里要么是写其他科作业的，要么是偷偷传纸条的，要么是聊小话的，就是没有专心听课的，仿佛复刻了我中学时代的教室场景。

而李小满，这位在办公室里偶尔被其他老师提及的孤僻学生，就跟我想象中一模一样，披着校服趴在最后一排的窗边。

最后一排只坐了她一个人。

这个班的数学老师说过，以前最后一排还是有别人的，直到有一天坐她隔壁的男同学有意无意地提及她比其他女生粗壮两倍的胳膊，被她一拳砸在了鼻梁上。

自此，最后一排空了下来，只剩她孤零零地坐在那里——在此之前她好像也不屑于和其他人讲话，现在这样反倒让她更自在了。

李小满不好惹,已经成了这个班的共识。

我察觉到这一点不是因为别的,完全是因为在我让李小满所在的这一列学生站起来接龙分享自己的爱好和梦想时,大家不约而同地向她瞥去隐晦的一眼——

他们在等着看这堂课上的乐子,而乐子的主人公很不巧是我自己。

学生时代残存的记忆让我在第一时间意识到,他们觉得我这个心理老师会去感化问题学生,而这位李同学八成会对我这个刚来的老师爱答不理。

他们在等我与她之间爆发一场冲突来观察我的脾气,若是我输了,怕是以后我的课上其他人都会肆无忌惮。

这种感觉让我极其不舒服。

时钟在嘀嘀嗒嗒地走,学生们一个接一个地回答我的问题,有说喜欢打游戏要去当电竞选手的,有说喜欢唱歌要去当rapper(说唱歌手)的。

不管我心里信没信,也不管他们是不是故意这样说,我始终微笑着鼓掌,赞赏他们的勇气。

就这样轮到了最后一排的李小满。

她扫视了一圈,慢吞吞地从座位上站了起来。

在我预想中,她可能根本不会起来,我就顺势让下一个人回答。

可是她站起来了,我反而心跳得厉害,这种心情其实很好笑,作为一个老师,我在担心一个学生起来回答问题。

她要说什么？

在她开口的那一瞬间，刺耳的下课铃声回荡在教室里，也淹没了她未说出口的回答，在这一秒我几乎是万分庆幸地一挥手，宣布下课。

整个教室喧闹起来，想必他们没见过下课这么干脆的老师。

我没有再在九班上过课，也没想到有一天李小满会推开我办公室的门。

现在，她站在黄昏的光里，冷静地开口与我说了第一句话。

"老师，那天你看到了吗？"

03

我愣住了。

那天？那天是哪天？我该看到什么？

也许是我脸上的疑惑太过明显，她不得不补充道："上星期，下雨的那天。"

我绞尽脑汁地在记忆里翻找，回道："那天我没上课啊，一直在这里，看到什么了？"

她不说话了，后退一步把门关上便跑开了。

莫名其妙！

这件事在我脑海里转了一整天，半夜突然恍然，她该不会是在外面犯了什么事而我刚好路过吧，我要是看到了不会被灭口吧？

我知道灭口也不至于，但是怎么也睡不着了，第二天一大早便去找她的班主任旁敲侧击地打听，结果是无事发生。

过了几天也并没有警察找上门来，我放心下来，又在杂物间戴上耳机摸我的"鱼"。这个办公室的地理位置真的还不错，唯一的窗子对着对面那栋楼的走廊，一排都是音乐教室，领导基本不会从那里经过。

就在这时，门再次被人推开了。

我慌乱抬头，李小满站在同一个位置，张口便道："老师，你真的没有看到吗？"

……

到底该看到什么啊？

她的语气不再平静，隐约埋着一丝不甘心。

我终于记起来自己好像是个心理老师，和颜悦色道："你遇到什么事情了吗？可以跟老师聊一聊，我保证不会说出去。"

她看了我一眼，后退一步，礼貌地合上了门。

我：……

简直不可理喻！

再一次见到她是在几天后一个下雨的傍晚。在学生都离开学校之后我也打着伞走出去，路过车棚时，李小满正蹲在路边用发卡撬自行车的锁，雨水顺着头发浸湿了校服领子。试了半天她也没有撬开，索性扔下车向外走。

我目不斜视地路过她，先发制人："我看到了。"

她被我的声音吓了一跳，扭头瞪我："那是我的车！钥匙我没带。"

我说:"我看到了,你没带伞。"

我把伞罩在她头上,她便沉默了,低着头走了几步,才道:"谢谢老师。"

我一路送她走到公交车站,想等到公交车来再送她上去,可是雨越下越大,水洼里倒映的路灯被冲碎过几遍,仍不见她要等的车来。

她偷瞥我一眼:"老师你……"

"我跟你保证我真没看到。"

她愣了愣:"我是想说……"

"如果不是要说那天我看见了什么,你就别说。"

她被我噎得说不出话来,半晌才道:"我没见过你这样的老师。"

我说:"我也是第一次见你这样的学生。"

在我准备接着跟她辩上三百回合的时候,她却忽然开口道:"老师,你听过《雨夜》吗?"

04

那个我为心理咨询准备的记录本的第一页终于被翻开了,那是我和李小满第一次真正的对话,不,也许只能算作我的倾听。

李小满:老师,你听过《雨夜》吗?

我:好像听过,挺早的曲子了吧?小时候在武侠剧里经常听到。

第三章

李小满：我很喜欢，第一次听到就很喜欢。世外高人站在明月高楼上，用竹笛吹着《雨夜》，谁都打扰不到他，他也不屑参与江湖纷争。

那年过生日的时候，我求着我妈给我买了一把竹笛——老师我知道你在想什么，你在想我这样的人和竹笛一点都不搭。

我：我没有这样想。

李小满：我妈买到了竹笛，但是没有给我找到老师，也不是找不到，太贵了，还是让我自己吹着玩吧。

我自己摸索着吹，照着电视里放的音乐学，我只会吹《雨夜》，吹过成千上万次，我敢说这座城市没有人会比我吹得更好，但是我谁都没有告诉过。

我：我是第一个知道的？

李小满：不算是。

我：不算是？

李小满：林雪川才是第一个……不，她也不算是。

我：林雪川？是那个一班的班长吗？你们认识？

李小满：老师我知道你又在想什么，林雪川怎么可能认识我，她是年级第一，长得又那么漂亮，怎么会认识我。我也没想过会和她有交集——就在你的窗前。

我：你是说……我窗户对面的音乐教室？

李小满：那天放学我忘带书，返回来拿，再出来的时候就像今天一样，开始下雨了。月亮很暗，我站在走廊上等雨停，如果不是还在学校里，真想把笛子拿出来吹《雨夜》。但就在我这样想的时候，它忽然从音乐教室里响起来了。

老师，你懂那种感觉吗？就像是在弹给我听一样。

我从来没有在外面听到过《雨夜》，那是钢琴的声音，我好想推门进去告诉弹琴的人，我也很喜欢，特别喜欢，但我忍住了。

我从窗台偷偷看进去，林雪川就背对着我坐在钢琴前，绾着头发，穿着纯黑的系带裙，裙摆垂在腿弯。

我认识她，我们年级没有人不认识她，她在各种校庆活动、联欢晚会上独奏过，听说还拿过国家级比赛的奖。

老师你说怎么会有这样的人呢，什么都会，什么都做得好，所有人都喜欢她。

那天晚上我想了好多次，如果她下一秒就停下，或再下一秒就停下，我马上就走掉。

可是她还在弹，弹了一遍又一遍，就在第四遍的时候，我好像得了失心疯一样，站在门外从书包里拿出了我的笛子，在高潮时吹起来。

那是我第一次吹给别人听，第一次和别人合奏，吹得很小声，在吹响的那一秒我就后悔了，我怎么敢在外面吹起来的，平时骗骗自己也就算了——我在心里说我是吹得最好的，当然不会有人反驳我啊。但那可是林雪川，学校里最优秀的林雪川，如果她停下了，如果她觉得难听，我一定会羞愧到从楼上跳下去。

可她的琴声没有停顿，反而更畅快了。她在回应我！意识到这一点的时候，我的脑子混乱得好像只剩下余光里的黑色裙子，想跟着她一直吹，吹到天亮都可以。

雨不知道什么时候停下了,琴声戛然而止,她的脚步声在向我靠近。

我一激灵清醒过来,慌忙从楼梯上跑下去了,也不敢出去,就在楼梯间里躲着。

我知道这很傻,但我当时不想被她看到,没有为什么,我就是不想被她看到,甚至在楼梯间里躲到了天亮。

我:你走的时候看到对面我的灯还亮着,就以为我看到了是吗?

李小满:我看到你坐在那里。

我:你真的不想被她看到吗,那又为什么来找我?

李小满:……

公交车破开水洼中的积水慢慢停在我们身边,李小满没有再回答我的问题,向我挥挥手便钻进了车里。

我收起伞向家里走,路上下意识地想象李小满吹竹笛的样子,如果她不说,我确实很难将竹笛和她联系在一起,总觉着充满违和感。

那天我确实在杂物间里,但是正戴着耳机玩电脑,一切声响都被屏蔽在外,如果那天我看到了会怎么样呢?我仔细想了想,心里却没有明确的答案。

05

距离那次夜聊已经过去了两个月，在那之后我不自觉地对李小满投入了几分关注，她应该算是我真正意义上的第一个学生吧。

上课路过最后一排时我会故意拍拍她的肩膀让她好好听课，她也不反驳我，会稍微坐直些身子，但在教室外看到我时还是学不会打招呼，就仿佛跟我从不认识。

我对李小满爱屋及乌，在办公室看见林雪川抱着作业本进来都会下意识多看她几眼。她是个笑起来很有亲和力的女孩，和办公室的老师们都相处得不错。

哪个老师会不喜欢优秀的学生呢，我也不例外，但因为李小满的缘故，我对她还多了一层说不清的滤镜。

她的班主任就坐在我后面，我听到她们在说话，不道德地竖起耳朵，然后便听到一个让我立马精神起来的关键词。

林雪川："老师，第三届乐器合奏大赛快开始了，我知道要考试了……"

对面笑着打断她："我也知道你肯定不会落下学习，去吧。"

林雪川小声道："老师，我还想找你帮个忙，你知道咱们学校谁会吹竹笛吗？我两个月前跟同学打听过，但他们都说不知道。"

听到这里我愣了一下，原来林雪川早在学校里打听过李小满，不知道她听到这个消息会不会开心。

班主任疑惑："吹竹笛？这还真不知道。你们听说过吗？"

办公室里其他老师也摇头。

林雪川很干脆地做了决定:"老师,我知道学校有一个竹笛吹得很好的人,但我不知道是谁,乐器大赛我就想和那个人合奏,我能在每个班都问一遍吗?"

　　班主任明白了:"你就是想让我帮你跟其他老师打声招呼是吧?行,你去吧。"

　　林雪川出去的时候脚步轻盈,长发甩在肩上,像只振翅的黑鸟。

　　李小满嘴上说不想被看到,但如果看到林雪川这么执着地在找她,一定会忍不住站起来吧?我脑补了一下她的语气——那可是和林雪川一起参加乐器合奏大赛啊。

　　我有预感李小满今天放学后会来找我,她肯定忍不住来分享这个消息。下午我便等在杂物间,没想到这一等就等到了九点多。

　　就在我以为她不会来了,锁上门准备回家时,却看到她坐在杂物间旁的楼梯口,也不知道在那里坐了多久,楼梯间的灯都没有亮起来。

　　我重重咳了一声,在她旁边坐下。

06

　　这是我们的第二次谈话记录。

　　我:怎么在这儿坐着,找我?

　　李小满:我不想进去,也不想你出来。

　　我:……

我：你知道林雪川两个月前打听过你吗？今天我还听到她说要去找你。

李小满：知道，她跟同学打听的时候我听到了。

我：那你……

李小满：老师，有时候我真的会奇怪，为什么你总能那么恰好。

我：恰好什么？恰好出来看到你？

李小满：不。

李小满：在你第一次上课时，我就非常、非常讨厌你。但我上一次没有告诉你。

我：……

李小满：你不知道我犹豫了多久。那几天每次下课我都会假装不经意地路过一班，我想要看到林雪川，想听她在和别人谈论什么，她会提起我吗，还是已经把我忘记了。

我从没有这样关注过她，从前林雪川是林雪川，我是我，可现在突然就不一样了，好像在世界的另一面林雪川该和我形影不离，我不再简单地只是我自己。

听到她在打听我，我好开心啊，又不敢表现出来。没有一个同学知道我就是那个吹竹笛的人，我就是林雪川要找的人。要是他们知道会大吃一惊吗？会羡慕我还是会嘲笑我，还是完全不把这当一回事？

这样的话我不会说给别人听，说出来也很可笑。

每一天我都在犹豫中度过，我想被她找到，却又不想就这样自己站出去，我在期待这样莫名其妙的事情，听起来很不可理喻吧。

那天你来上课，问我们爱好和梦想，我本来想和其他人一样随便敷衍你，但是老师你知道吗，在站起来的一瞬间，我看到林雪川从教室后门走过。

如果我现在开口回答，她一定会听到吧？她能听懂我的暗示吗？这不算是我自己站出来的吧？

勇气这样的东西很少出现在我身上，但那一秒我突然想开口，说我喜欢吹竹笛。

我甚至没有考虑其他人听到这句话会用什么样的眼神打量我，我只想着，她会回头看我吗？

可是老师，你就这样下课了，甚至没有等我开口。

我再没有那样的勇气了。

那些天我总在想，你是故意的吗？因为那天你看到我们合奏了，所以你故意不让我说出来。我知道这样的想法很没有道理，可是我忍不住，也许你看我不顺眼，或者是有其他什么理由，你不想让我好过。

我又跑去试探你，还幻想过你会不经意地说出去，可我没想到你竟然没看到，那时我简直毫无办法了。

老师你不必道歉，你没有做错什么，我也并没有因为你而错过什么。

就在今天下午，我看到林雪川从走廊尽头的教室开始，一间一间推门进去，她说她在找一个吹竹笛的人。

我飞快地跑回九班，坐在座位上心都快跳出来。

下午的课间很长，我一直看着表，生怕在问到九班之前上课铃就响了，我甚至想去控制室把设备都砸烂——我没有真的这样做。

她在上课前最后五分钟推开门站上了讲台，所有人都静静地看着她。

她的黑色裙子穿在校服下，开口前她又向耳后拨了一缕碎发："我是林雪川。"

后面的话我便都听不到了，脑子里都是"林雪川""林雪川"，老师你能理解我当时的心情吗——这大概是我离成为某个故事的女主角最近的时刻。

林雪川期翼的目光在同学身上一排一排地扫过，好像要从他们的表情分辨出她要找的人是不是在这里，我能看懂她的表情，所以我睁大了眼睛，耳朵里咚咚咚的实在太吵，她的视线看过我的左边，看过我的前边……

当下一秒她看我时，我该摆出什么样的表情？若无其事还是勇敢回视？我现在整理一下衣服是不是太突兀了？她会从我的眼睛里看出什么？她若认出我来，我又该说点什么？

下一秒她真的就要看向我。

而后，她的视线跳了过去，看向别人。

我的大脑一片空白。

她说："打扰大家了。"

她推开了下一间教室的门。

07

我们沿着路灯走出很远,然后沉默地分开,一直到躺在床上我还在想那一句"我并没有因为你而错过什么"。

在路上时,我说等明天一上班,我就去暗示林雪川的班主任。

李小满却说不要。

林雪川究竟有没有认出李小满?我对李小满的说法抱有一些怀疑。

也许有两种可能:一种是林雪川听闻过李小满的事迹,根本不觉得那人会是李小满,所以没有看她;而另一种……她真的是因为没有认出来才离开吗?还是因为那个人是李小满,所以她不想认出来?

这个问题我不敢深想,甚至不敢跟李小满提起。

我比李小满还要关注林雪川找人的后续,李小满真的没有因为我而错过什么吗?

她虽这样说,我心里却有愧,如果那节课我能让李小满继续说完,结果会不会有不同?

林雪川再来办公室是一个星期后了,她拿来合奏大赛的报名表和请假单给老师签字。班主任扫过一眼,疑惑道:"不是竹笛吗,换成小提琴了?"

林雪川道:"没有找到吹竹笛的人,小提琴正好有合适的人选。"

班主任点点头:"严盛我知道,艺术班的,小提琴拉得不错,和钢琴也更搭一点。"

听到这里我的心一下子沉下去，李小满知道会怎么想呢？林雪川放弃了竹笛，选择了小提琴。

我没有立场和林雪川说什么，只能眼睁睁看她离开。

离比赛开始还有一个多月，林雪川和严盛开始频繁地出现在音乐教室，如果不戴耳机，我能清楚地听到琴声从对面楼里传过来。

我没有告诉李小满，但某个傍晚透过窗子看到她站在对面走廊时，我就明白她知道了。

林雪川和严盛练的曲子并不是《雨夜》，而是经典的表演曲《G弦上的咏叹调》。

李小满一开始站在门外，后来又变成蹲着，有几次起身我都以为她要去敲那扇门了，可是她没有。

在他们练习结束之前，李小满就离开了。她去得并不太频繁，十次里我只撞见过两三次，每次都只是安静听着。

在一次下课之后，我叫住她，小声道："你如果参赛，肯定比严盛强，不要太放在心上。"

这样的安慰如果能让她好受一点就好了，但李小满只是看了我一眼，什么都没说。

之后她去得就更少了。

直到合奏大赛结束的那一天我才觉得事情有点超出预料了——林雪川和严盛拿了合奏大赛优胜奖。

两人捧着奖杯的合影被发在学校公众号里，贴在广场的公告栏里，每个人路过都会看一眼，然后习以为常地走开，林雪

第三章

川当然会拿优胜奖,谁都没有怀疑过。

我没有再在杂物间等李小满来找,而是放学的时候直接等在教室门口把她带走了。

九班的学生都好奇地盯着我们窃窃私语,疑惑李小满什么时候和我关系这么好了。

我带着她一直走到江边,路灯一盏盏亮起来,她疑惑地看着我:"老师,你干什么?"

我反而卡住了,笨拙道:"……老师怕你想太多。"

08

这是我们的第三次谈话记录。

李小满:老师,你不用这样,我没有很难过。

我:没什么不好意思和老师说的,我不会告诉别人。

李小满:真的没有,其实我已经习惯了。

我:习惯了?习惯什么?

李小满:习惯结果是这样啊,毕竟从小到大我都是这样子,总不至于到现在了我突然变成另一个人吧。

我:……

李小满:突然跟你说小学的事情会不会有点奇怪?我小学的时候其实就长得很结实,那时的男生都没我高,和大家一起玩的时候我会故意把头低下来,他们就很喜欢拿我开玩笑。

其实当时我挺开心的,他们愿意调侃我,说明也拿我当好朋友吧?

那时我的小圈子里有四个人，除了我还有两个男生和一个女生，我们坐前后桌，经常互相抄作业，我一直以为我们是特别特别好的朋友，上初中了也要在一起。

要过生日的时候，我不好意思和他们提起，扭捏了好久，才开口邀请他们周六出门看电影。当时县里只有一家小得可怜的电影院，但我从来都没去过。我妈那次破天荒地给了我五十块，让我和同学好好玩。

我真的特别开心，在约定的路口等他们来。电影下午三点开始，我从两点就等在那里，那时没有手机，家里的电话又只许爸爸用，我就蹲在路边看商店里挂的钟。

两点、两点半、三点、三点半。我又去看另一家店挂着的钟，也是三点半。

谁都没有来，我在那里一直等到天黑，然后回家去，妈妈问我玩得怎么样，我还想要那五十块钱，于是撒谎说电影很好看。

周一的时候我才知道他们那天一起去了电玩城，只是把我忘记了，他们提起来的时候，语气那么随意，我也只能装作不在意。

原来我根本就没有融入过他们，他们也从没有在意过我。

初中的时候我开始和自己赌气，再也不主动和其他人玩，除非其他人主动来找我。可我很快就发现，除了来收作业，根本没人要来和我搭话。

体育课的时候我总像个站在队伍里的巨人，老师挥手让我站去队尾，我会东张西望，假装对体育课很不感兴趣。

第三章

直到初二运动会的时候,女子三千米的项目没有人报,班长看了我一眼,便把我的名字写上去了。

他拍拍我的肩说:"李小满看起来就体育很好的样子,跑三千米肯定没问题。"

其他同学都哄笑起来,他们都不知道当时我有多激动。学校里第一次有人把目光放在我身上,他们在期待我去跑三千米。

我不想被他们知道我也很期待,于是每天都等学校里的人走光,才去操场上跑步。

我根本没有跑过三千米,只能从八百米练起,然后一点一点加到三千米。第一次跑完全程的时候,我忍不住在操场上小声尖叫了一下。

然而就在运动会开始前几天,班里请病假的女生回来了,她是个体育特长生,班长直接把我的名字从报名表上画去了,换成了那个女生。运动会当天班长才跟我说:"反正看你也不太想参加的样子。"

当然没人在意我的想法,那个女生给我们班拿了第一,谁还会在乎我是不是每天都去跑步。

我习惯了,老师。

在林雪川走进教室之前我总是想,我才是和林雪川最合拍的合奏者,谁都不会比我更好。

那天晚上她用琴声回应我,我们那样默契,没有见面我却觉得她一定也懂我,就算在茫茫人海她也会看到我的眼睛认出我来——故事都是这样开头的。

我不想自己站出去,就像从前的每一次一样,为什么不是别人来找我呢？凭什么不是别人来找我呢？

可是林雪川她没有看我，她的目光竟直接跳过我。

她根本就不觉得那个人会是我，也不期待那个人是我，那一瞬间我就觉得，如果我站起来，一定是自取其辱吧。

后来站在音乐教室门外，我又慢慢开始想，如果是我和她一起站在台上会怎么样呢？她那么好看那么优秀，我和她站在一起，别人会嘲笑这一幕吗？我不想她被嘲笑。如果是那个男生的话肯定不会吧——还好我没有站起来。

以前我总觉得如果没有我，她就不会拿奖，可是我想多了，我算什么呀。

幸好我已经习惯了。

09

我没有理由再拉着李小满说话，她表情平静，就像第一次站在我门口时那样，毫不在乎我怎样看她。

也许我不该担心，在漫长的时间里她已经学会用自嘲消解许多不如意，但我还是想说些什么，又不知道该说些什么。

李小满退后了一步，向我认真道歉："老师，对不起，我不该讨厌你，你是第一个让我愿意将想法说出来的老师。"

我试图缓和气氛，开玩笑道："难道不是因为你以为我撞见了你的秘密，所以'钓鱼执法'？"

李小满也笑了一下："嗯，是这样，也谢谢你没有说出去。"

她背着书包走远了，我们很久都没有再见面。

第三章

放完假回来已是高三，整个年级都进入了紧张的备考状态。

心理咨询课也在高三取消了，偶尔路过九班时我会刻意从后门看一眼，李小满还是趴在最后一排，但手边已经垒起高高一叠试卷，写得满满当当。

她在好好学习——发现这一点后我心里轻松了许多。她没有再纠结于林雪川，而是专心在做自己的事情，沉浸在学习里，时间一长就会淡忘很多事情。

生活有条不紊地向前走，九月、十月、十一月……高三组织了第一次摸底考试。

办公室的老师们凑在一起改卷子，我听到她们在讨论李小满，便也凑近了听。

她的数学老师道："李小满这次竟然……"

我屏住了呼吸。

她继续道："没交白卷。"

我：……

我安慰自己，好歹是进步呢。

很快，另一个消息吸引了所有老师的注意——省里保送的名单出来了，林雪川保送上了B大。

整个办公室都沸腾起来，消息飞快传遍了整个学校。

林雪川的父母来了一趟学校，不知道和校领导沟通了什么，学生们都在传林雪川不会再继续读高三了，下个月她的父母准备带她去环球旅行。

比起保送上B大，很多人其实更羡慕可以不用上学这件事。

李小满看起来应该没受什么影响，每次路过教室她都在埋头做题。

然而，意想不到的事情在这时发生了。

就在林雪川保送消息出来后的第五天，林雪川倾慕严盛的说法也跟着在学生之间流传开。若是普通的小道消息大概不会被大家过多讨论，可是流传出来的是林雪川留给严盛的告别信。

或许林雪川也没有想到，自己临走前大胆的表达会被严盛当作炫耀的资本传得到处都是，甚至还有复印件。

她只是一个十八岁的女孩，信中她的言辞大胆又热烈，在信的末尾她说她会在未来等着他，希望能在顶峰和他重逢。

很多人都会对自己认识却又不了解的人抱有窥探欲，而当这个人是曾经闻名学校的林雪川时，事情便一发不可收拾起来。

有人在吐槽严盛不该把那信给别人看，还有人觉得林雪川"动了凡心"好像也不过如此，更有人一句一句地揣测林雪川的心理状态。

就在大家盼着林雪川最后一次来学校满足他们的窥私欲时，李小满的身影出现在这场闹剧中。

我没有亲眼见到，据其他老师说，就在一个大课间，李小满漫不经心地在教室里扔下一颗重磅炸弹。

她拍了拍正在议论林雪川的前桌，说那封告别信其实是她伪造的。

前桌惊愕地看着她："你在说什么？"

李小满道："太无聊了，刚好看林雪川不顺眼，我只跟你一个人讲，别告诉别人啊。"

前桌惊道："你怎么伪造的？！"

李小满竟真的拿出一张和林雪川字迹相似到以假乱真的卷子。

她道:"就这样呗,前阵子太无聊,随便练过。"

后面的发展不需要别人再说了。

我无法想象李小满会做出这样的事来,其他老师却像习惯了:"李小满啊,还以为她转性了。"

我跑去九班想要找她,隔着后窗她冲我笑了笑,又继续低头做题。

那封信绝对不是她写的,这一刻我如此笃定。

那么听到传言的林雪川会做什么反应呢?

她回来学校的那天,什么都没有说。

就如同她从未写过情书,如同她从没听到过李小满的传言。

李小满被班主任叫去了办公室,我听到她跟林雪川诚恳地道歉,林雪川怔怔地看着她,最后说,没关系。

这就是李小满与林雪川第一次且唯一一次的对话了。

林雪川离开了学校。

生活不会因为任何插曲和风浪而停止,而我也再没有找到和李小满说话的机会,我也始终想不到该对她说什么,她似乎……不再需要我了。

高考结束的那一天,高三的学生们嘶吼欢呼着奔跑出学校,每个人的脸上都满溢激动与自由。

我站在空荡荡的楼下,毕业的学生们早已经离开了。

黄昏里,我看到李小满一个人站在最高的楼上,轻轻握着竹笛，就这样吹起来。

后来我再也没有见过她。

End

THE REGRET OF SPRING

CHAPTER 04

青涩的青春，
是没有成熟的苹果。

the Regret of Spring

藏匿 ❉ 苹果的飞贼

文 · 承德皂毛蓝

Cang Ni Ping Guo De Fei Zei

潇洒明媚吉他手 ✕ 神经质冷漠书呆子

藏匿苹果的飞贼

Cang Ni Ping Guo De Fei Zei

文·承德皂毛蓝

THE REGRET OF SPRING

01

音浪震开了月光和燥热,树影漆黑如夜,拴着盛典丝带的手臂高举犹如树枝,金时抬起手,跟着台上的红发吉他手摇晃。

前几日赶路时留在小臂内侧的瘀青,现已变成深黑色,比绝望的眼睛还要黑。

金时珍惜今夕,但情意却总归要浪费。她往瘀青的深处看,能钻过隧道看到十八岁时嚣张的快乐吗,能警告十八岁的自己吗?别再看,金时,别追逐人群里的烈焰,别欣赏粉身碎骨的体验。

金时静静听完了苹果蠹蛾乐队的歌,这个学生自发组织的小乐队今天封箱演出,因为贝斯手要去工作,主唱留在本校读研，鼓手会去别的城市。

乐队的灵魂——红发的吉他手气喘吁吁，眼睛里闪动着举世无双的光，她的声音传得很远，她说："朋友们，我们终会相见，人生最难欢聚易离别，但是千里明月总归一轮，别忘记，要珍惜。"

所有人都在喊这团火的名字："林凭风！林凭风！"金时差点也要喊起来了。

金时隔着无数的人，屏蔽无数的欢呼远远望着她，听着她。她的脸庞年轻又从容，夜风托着她的头发，像小心翼翼地托起一团火。她身上的吉他也是红色的，她举起手来，手腕上拴着音乐节的丝带，隔着这么远的距离，也能看到丝带之下那只苹果绿的电子表。

金时笑了笑，转身离开。

她常来这座城市，百分之八十的理由都是为了遇见这团火，朋友问她为什么经常到此，她只说因为以后想在这里定居。

这里风也清，云也缓，流水淙淙，在城墙步道上散步，一抬头就能看到月亮高悬在古老城墙的末端，圆圆一轮十分美满。

金时骗人次数太多，不知不觉也真的爱上这座城市，自我催眠的效果到了极点，也真的想来定居了。

金时在学校后门等公交，天空的边缘是深紫色的，飘飘摇摇的歌声在空中如细丝被拉断，现在不是苹果蠹蛾乐队在表演，应该换下一组了，节目单上是一串漂亮的英文名字，是个很难得见到的英伦风摇滚乐队。

这些人金时竟然都记得，和林凭风关系好的人她都认得，

第四章

自己学院里的同学名字却都记不清，也够讽刺的。

金时还在笑，低头看脚边破碎的白玉兰花瓣，边缘像被烤焦一样蜷曲起来，可怜巴巴的像一艘小船。

来车了，金时最后看了一眼这所学校的后门，一扇雕花铁门，红砖堆砌的小巷，巷子里有一家二手书店、一家酒吧、一家韩餐馆。

二手书店的老板是此校几十年前的中文系毕业生，而酒吧里经常聚集着林凭风和她的朋友们，他们在这里看球、打游戏、欢呼、推杯换盏。

晚上九点还有回去的车，人不是很多，大都困倦，随着车厢的摇晃而昏昏欲睡。金时的脸旁是车窗和夜色合作的一幅小画，偶尔窗外闪过一盏闪亮的灯，就在她垂下的眼睛里点燃一颗星，给她三分魂和一缕生气。

她闭上眼睛，九月份她会飞离这个国度，今夜是无人知晓的告别。

02

高二的金时和林凭风坐前后桌，当时按照分班成绩安排的宿舍，她们俩是本班最后一个宿舍的四床和五床，属于倒数第一和倒数第二——天生就该做朋友。

从高一的宿舍搬上来，金时进门首先看到两条晃荡的腿，蚊子咬过的粉红色和浅褐色疤痕印在欢乐的小腿上，驱蚊手环叠了两圈套住脚脖子。

金时还未抬头，这两条腿弯曲后，那人直接跳下来，伴随着高调的一声："同学你好！"

一张笑脸，两笔弯目，鼻子两侧散落着雀斑，自然卷的头发是很健康的深棕色。她穿着宽大的T恤和工装短裤，T恤上面写着AC/DC，手直直地伸到金时眼前："我叫林凭风。"

金时在衣服上擦了擦手心的汗，握住她的手，说道："你这名字挺有'笑傲江湖'的感觉的……很酷。"

"你真懂啊，我特别开心你这么说！"

"我叫金时。"

"有什么说法吗？"

金时平淡道："我想我出生的时间应该是电视剧的黄金时段。"

林凭风又笑，笑起来十分肆意，牙齿、舌头、嘴唇和鼻尖都可爱得过分，阳光得耀眼。

金时很有一番冷幽默的本事，她注视着林凭风的卷发和雀斑，想起高一百团纳新时舞台上的林凭风，一个人又弹又唱又跳，那股劲儿像是往嘴里丢进了一颗最酸涩的跳跳糖。

彼时她刚刚加入学校的科幻俱乐部，每周三下午大家聚在一起读书，所谓俱乐部活动就是从一个教室换到另一个教室，从上课变成自习而已。金时那时就在台下望着她，她像冰川上不能容留的一团火，在雪原上跳动，无人能躲过她的魅力。

林凭风笑完了，主动说："我帮你收东西！"

金时把自己的姓名卡挂在床头，就在十几厘米远的地方，

第四章

挂着林凭风的姓名卡，两张稚嫩的脸都在笑。

这团火跳到身边了，一时恍惚是梦。

高一的每个周三下午，教室里冷气永远开得很足，空调外机嗡嗡作响。金时整个学期都在阅读厄休拉，阅读冰川上的远行和陪伴，她在夏天憧憬冬天的飞雪，憧憬一场相知相伴的旅行。

俱乐部里大多是符合人们刻板印象的"书呆子"，黑框眼镜格子衬衫，发言前犹犹豫豫，发言时眼神闪躲。金时坐在窗边，低头能看到楼下有个简陋的台子，就在高一教学楼后面。

她用了一整个夏天去阅读另一个星球上两个灵魂相遇的故事，也用了一整个夏天看林凭风忙忙碌碌地搭建那个台子。搭骨架、设台阶、喷漆、装饰、架设线路……

她没有乐队，像一只状似孤独但乐于此道的蜜蜂。

林凭风人缘极好，是年级里的大明星，不管是男生还是女生都很喜欢她。

分班时她的成绩不算好，可老师也照顾讨人喜欢的孩子，每次一起去数学老师办公室订正试卷，老师对金时总是板着一张脸，对林凭风却凶不起来，轻轻说几句就放过。

她们飞快地成为好朋友，林凭风喜欢金时的幽默，了解到她分科考试考砸是因为考数学的时候痛经剩了大半张卷子没做，身体恢复之后名次就开始飙升。

林凭风孩子气一般地生气，指责她丢下自己一个人考倒数。

她几乎每个周末都缠着金时抄作业，金时很少埋怨，往往翻个白眼，拿过她的数学作业来做，再丢一本自己的英语作业给她抄，两边一起赶。

高二的新英语老师酷爱抽查同学，每周一抽人背诵英语报纸上的文章。

周日的晚上林凭风和金时凑在一起，在熄灯后的宿舍洗衣房开小灯背诵。对面大楼的顶端闪烁着红灯，林凭风说，那是给宇宙飞船指方向的。

金时正在背诵宇航员的事迹，她这时候不说林凭风是傻瓜，只是笑笑，和她聊阿西莫夫和厄休拉，聊宇宙飞行还有自己的科幻点子。

金时的热情与幽默几乎只对林凭风奔涌，若非如此，她也不能在林凭风一群有趣又热烈的朋友里占据独特地位。

她们看起来千差万别，如水如火，可偏偏像连体婴一样出现在学校里。

03

高二上学期期中考结束后要开家长会，开完再上自习。金时父亲酗酒，母亲暴躁，很符合某些青春电影里的主角的家庭配置。

她到校门口接父亲，看见她爸那双布满血丝的眼睛很努力地睁开，父女俩对峙了一分钟，父亲张开嘴巴，烟味喷出来："你在学校也是这张死人脸是吗？"

金时皮笑肉不笑："遗传谁啊？"

第四章

　　林凭风的爸爸来得很晚，那个笑着的中年人赶到班级门口时，金时已经拿了抹布在擦门口的栏杆，顺便等林凭风。

　　同学们都抓着机会跑得没影，不是在校内超市和书店闲逛，就是在操场散步。

　　金时审视林凭风的父亲，他长得像一个洗得很干净且颜色鲜艳的热带水果，笑起来和林凭风好像，有种让人心里发热的真诚。

　　林凭风问："你爸爸来了？我还没和叔叔打招呼呢。"

　　金时在"我爸死在路上来不了"和"有什么好打招呼的"之间犹豫了一会儿，简短地说："省省吧。"幸好月考时动过一次座位，她那犹如一堆脏袜子堆叠而成的父亲不必进入林凭风的眼睛。

　　从前她只知道林凭风家境好，这次却认识得更深刻——通过林凭风父亲的装束，毕竟成年人总是被金钱雕琢得最分明的。

　　金时盯着林凭风的脸发呆，天色暗下，班主任走上讲台，金时脑中卑劣地想，多谢我们还是不会凭家境决定友谊的小孩。

　　林凭风晃着她手臂，说："我们出去吃饭。"

　　金时被她拉着手奔下长长的楼梯时很想知道，不幸福的家庭是不是只能创造出她这样内心丑陋的怪物，而"水果蛋糕之家"才能养出一个林凭风。林凭风拥有这么多爱，所以才会慷慨地分给她。

　　那天傍晚金时尤为沉默，林凭风在学校里带着她兜圈，接着两人回宿舍洗了两个苹果吃。

春天的晚风总是馨香温暖的,林凭风不满足地说:"真想翻墙出去玩。"

金时拉着林凭风的手,把人带到高一教学楼后面的围墙边。她曾经考察过这里的地形,外面会停放成排的自行车,很容易就出得去。

孤单一人的时候,金时很难说自己不是个想法大胆的疯子,她对林凭风说:"从这里翻出去。"

"真行?"

金时把两手叠在一起:"你踩着我先爬上去。"

"这让我多心疼啊,怎么能踩你!"

好像有这句话就够了,林凭风的眼睛真诚、明亮,像黑水晶一样转动时似乎能奏出轻盈的乐曲,金时淡淡道:"信我的,我们出去玩。"

真的出去了,翻墙的动作在金时脑海里重复了许多遍,她当然熟稔。

林凭风和她都安然无恙站在墙外时,小卷毛张大了嘴巴:"没想到啊金时,你还这么叛逆呢,我很欣赏你哦。"

金时默默脸红,继而挥手道:"快走快走。"

两人遂溜达到周围商场吃花甲米线,金时兜里没钱,林凭风付款。两人吃完又去吹冷气,吹掉一身花椒辣汤味儿,然后打车回学校上晚自习。

回去时家长会已经结束,金时成绩好,她爸没被老师留下,也就不会找她碴儿。

金时长吐出一口气,不必叫林凭风看见她的家人。

第四章

交了朋友,就要互相赠送生日礼物,林凭风的家境竟成了金时选择礼物的困扰。

林凭风的生日在冬天,金时的生日在夏天,六月下旬,是通常会举行毕业典礼的日子。夏季人们太繁忙了,忙着忍受酷热,忙着追逐白云的阴影,金时的生日很容易被遗忘,被遗忘多了也就不在乎了,她本就无人放在心上。

寒假林凭风跟爸妈到国外度假,没参加补习班,在生日前几天才回来。在她生日当天的零点金时打电话过去,祝她生日快乐,又问她明天在不在家,能不能去送礼物——林凭风是要出门去酒店里过生日的,金时不想耽误她的事。

从午夜就开始零零碎碎地掉雪,早晨下出坚决的气势,怨恨了天气两秒钟,金时围上围巾就冲出去,她带着一块苹果绿的手表和自己组装的金属徽章——这阵子林凭风很痴迷蒸汽朋克,它们耗费了她上次科幻征文比赛得到的大部分奖金。她还写了一封长长的信,其中温言软语,是她尖酸刻薄下的真心。

风浇了一头一脸,金时几乎睁不开眼睛,人类对自然叛逆,恶劣的灵魂在路上打滑。

金时花了一两个小时的跋涉,最终进入小区,找别墅区,绕过灌木丛,去敲陌生的大门。温暖的灯光洒出来,林凭风的脸像用糖浆点缀过的姜饼。

金时为开门这一瞬间的林凭风所惊艳,片刻后举起了手上的盒子:"生日快乐!"

林凭风的手覆上她的手背握着,目光炽热,林凭风快乐地说："希望以后每年生日都能见到你。"

金时注视着林凭风的瞳孔，微笑着说："我会来见你的。"

她这么直白地表达自己，其实不多见。

从寒假之前那次漫长的痛经开始，金时对林凭风的依赖已经增加到最多，只要能想起还在和林凭风联系，就连家里的痛苦也变得无足轻重。

04

金时痛经痛得山崩地裂，这是从小就有的毛病，她曾在初中因为痛经被送去过医院。

她已经在例假前算好日子，提前吃了药，一整个晚自习无事，疼痛却在她准备入睡的时候发作起来。那时林凭风已经睡着，金时蜷曲着，像暴晒的虾米一抽一抽地喘息，头顶抵着枕头嘶嘶地出气，不敢大声，害怕影响别人。她睁着眼睛，一片漆黑中却看到色块在爆炸和组合，有妖魔扒着她的眼眶往里撞，撞得她头昏眼花。

林凭风和她头对头睡，传来一声："怎么了？"

金时以为吵醒了林凭风，想道歉，却一个音都发不出来。林凭风的手慢慢摸过来，金时也把手伸过去——一头落单的动物，被找到并带回族群。

林凭风握着她的手，安慰她："我在这里。"她哄小孩似的，"快不痛了。"

金时攥住她的手，得到有力的回应。

第四章

金时醒了,手表显示三点半,宿舍里有轻微的鼾声,走廊里琥珀色的夜灯亮着,她的手还和林凭风的手保持交握,两人竟都趴在枕头上睡着了,腹部的绞痛也似乎隐隐消退,手心热热的。金时在黑暗里捕捉林凭风的轮廓,这座安静的灿烂的山,化成神仙,所以她说不痛,生理本能也莫敢不从。

"现在还好吗?"被金时的动作弄醒了,林凭风爬起来迷迷糊糊地问。

"不再痛了。"

腹部那只冷汗涔涔的拳头终于舒展开。

金时第一次这么安然地脱离了痛经,是因为林凭风握住她的手吗?林凭风的手是淡绿色的春风,可以抻开一切不柔软的疙瘩,包括金时心里的狰狞。

林凭风哼哼地笑着:"多好啊,我真是神医。"她困极了,又说,"睡吧。"

黑暗里,金时思考着,没有出声。

林凭风正面对着她,催促:"睡呀,还痛?"

打断她下一句话的是金时忽然将额头与她的额头相抵,尽管是林凭风也愣住了,她停了好一会儿,金时飞速钻回自己的被子里,林凭风一动不动,终于从她喉咙里传来一声咳嗽。金时感到自己的头发被很轻柔地揉了揉。

金时痛经过无数次,家里人只会让她去喝热水,去吃药,这都是自己能解决的事情——但凡是这种类似的情况,大人们都不允许金时透露出脆弱和无助。上次她痛得一句话都说不出,爸爸不过是冷漠地说:"你又不是大小姐,别这么娇气。"

她在这样的环境里长大，既贪图林凭风释放的善意，也惧怕林凭风的善意。额头相抵的一瞬间，好像两个柔软的图章碰到对方，更像两只森林里的动物接上了头。

林凭风温柔的声音从她头顶传来："痛的话再和我说哦。"

在生命中存在着诸如此类的时刻，金时于是一次又一次在心里原谅林凭风。尽管第二天她又凑到文学社学姐面前去了，尽管她会和校花周末一起春游，尽管班级里最高挑的女孩会突然闯进宿舍和林凭风说话，完全漠视金时的存在……

就算是普通朋友也有嫉妒之情，何况你我。

无数的尽管都被金时扫开，她只留下自己是特殊的瞬间，还有林凭风开给她的支票："你当然是我最好的朋友啦！你是最特殊的了。"

金时则会冷酷道："我多稀罕你的特殊呢。"

她们也相约要考到相距不远的大学，虽然两人三次模考的名次都差得有些远，但是金时偶尔午夜醒来会想，只要林凭风说一句"你可以和我读一所学校吗"，她就甘心放弃多余的分数。

高三下学期林凭风不再有时间弹吉他，她的乐队最终也没组起来。林凭风一直缠着金时，要她毕业就去学贝斯，然后做自己的贝斯手，她们组一个乐队，一起名扬四海。

金时状似敷衍："会学的，会学的。"

林凭风紧紧盯着这个古怪的朋友，说："你又敷衍我！"

林凭风絮絮叨叨，描绘未来："我们组个乐队，你来取名字，你最会起名。"

她一本正经的样子特别唬人,金时真的在心里开始思考乐队的名字。能一起站在万众瞩目的舞台上,光是这个可能就煽情得让金时想流泪了。

属于分离的十八岁的炎热夏季,林凭风超常发挥,高考分数够到了文学社学姐在读的学校和金时的第三志愿。

05

她的睫毛和树梢的影子交缠,一齐摇曳,光影的脚步是细密的吻,带有指腹的温度。

练习了一段时间后金时的手指终于起茧,她欣喜地在阳光下观察茧子的形状——半透明的蛹,会被新生的翅膀顶破,湿漉漉地放光。

可惜在她练出一身好功夫之前,林凭风先打了个电话过来,兴致高昂地宣布:"我的乐队要组起来了!"

两个医学院的同学,一个学姐——从同一所高中毕业的,那位林凭风自高中起就相处甚欢的学姐,从金时手里把林凭风的志愿夺走的人。

"我们上周去找地方练习了一下,大家水平都差不多。我才知道学姐这么会唱歌,我们很合适!"

金时强迫自己笑,上下睫毛密密地交织起来,矫情虚假得可怕:"那恭喜你啊,可算是能和学姐一起玩了。"

"你别调侃我!我这几天还找了咱们之前的同学给乐队设计 logo,到时候你得帮我挑。"她说的是后来去学艺术的校花。

金时咬着牙,肺部缩成一团,喘息着,要怎么怪罪?你还记得曾告诉我我要我练贝斯吗,你还记得要我给乐队起名字吗?

金时忍耐着她的快乐,林凭风太快乐了,以至于健忘。空头支票开得太多,当真的人才傻。

"林大人真是魅力无边。"她讽刺道。

"少来!等我们乐队第一次演出,你一定得来,我给你报销来回车票。"

金时把疑问都咽下去:"你们的乐队要叫什么名字?"

"还在想呢!学姐也在想,我也在想。而且我还在想要不要去染红色的头发,你觉得呢?很酷吧,前几天和朋友在酒吧看球赛的时候,她们说我会很适合红发。"

新朋友、旧学姐、被夺走的位置、不成器的音乐天赋、看不懂的足球比赛、每天都能见到林凭风的人、她喝下的酒……

没来由的气愤在金时心中扩散开来,她拼命练贝斯的时候,林凭风在干吗呢?她有半秒钟想到这也是给金时的承诺吗?她有半秒钟想过当时填报志愿时金时是渴望和她同校的吗?

"当然会很酷。"金时说。

她看到林凭风距离她越来越远,从前在高中,她们打扮得丑陋且相同,可是那时林凭风优越的相貌和出色的性格就无法被掩盖,更何况是大学。

她丢下金时,就像丢掉书包上一个很土的挂坠——不过是高中某个读书日的普通纪念品。

金时的贝斯继续练习下去,不知道为了什么,也许是在等某个月晕而风的时刻。

　　林凭风和她的伙伴们,恰如百亩森林里的耀眼主角,她们相互扶持,把一整个春天组织起来,有梦想的每天天气都好得不得了。

　　金时还在继续苦练贝斯,感觉自己从内心深处腐烂,某个周末把手上的泡也练破,才后知后觉尝到痛,当着老师的面哭起来,老师不知如何安慰。

　　可是下一周金时仍顽强地提起精神——林凭风首次登台演出,她必须要见证。金时十分可怜自己,然而更想去看她的演出,看见那团火劈开舞台,像一把锋锐的刀,看到她和队友亲密无间,又失落得无以复加。

　　林凭风要她一起去吃庆功饭,往她手里塞乐队的徽章,一只狰狞的蛾子伏在苹果上。她的乐队叫苹果蠹蛾,席上林凭风的同学都在问为何叫这个名字,林凭风三缄其口。

　　指尖痛得有如被虫蛀,筷子也拿不起,林凭风练惯了乐器,挨个检查金时的指尖,却没看出伤口的来由,问:"你这儿怎么回事?"

　　金时说:"发神经的时候咬烂的。"

　　林凭风沉默良久,最后却吐出一个"好"字,想必不愿去深究,金时淡淡地笑了笑,没再说话。

　　吃到中途,众人都红了脸,漫无边际地畅想着签经纪公司、发唱片,觉得前途一片光明。显然,林凭风已经主宰了大家的想法,将自己的梦变成所有人的了。金时明白,这就是她的"超能力"——林凭风身边的所有人都会为她的热爱而激情澎湃。

林凭风忽然站起来,对大家介绍:"这就是金时,我超级超级超级超级好的朋友!她也是我的高中舍友,特别厉害,我说要她看看咱们的歌词,她二话没说就上手帮忙改了。"

于是大家都为她鼓掌,每个人看起来都热情洋溢,金时觉得指尖又痛痒起来,她仰头望着林凭风,望着她清瘦的面颊线条,饱满的活泼的笑容,追逐梦想的美丽姿态。

金时觉得自己无限地坍塌下去了。

有个乐队成员问:"原来你身边还有这么厉害的作词人啊!一开始你们怎么没一起组队啊,是没学过乐器吗?"

听到这样的问题,金时要笑起来,说道:"我哪有那个水平啊。"

"嗯,金时确实没有学过乐器的,不然还轮得到你们?"林凭风爽朗道。

金时也顺着她说:"是不会,会了也轮不到我,我学不成的。"

林凭风对她话里话外的嘲讽毫无察觉,乐颠颠犹如一条小狗,道:"哎呀,你的手是用来写科幻小说的嘛。"

"怪不得那么会写词!我们乐队真是请来专家了。"

是,她说得也没错,那时候的金时的确不会乐器。

可她答应林凭风的事,有哪一件没做成吗?

金时不是那种有一分就要说成十分的人,学贝斯是她默默送给林凭风的礼物,也是林凭风对她许下的承诺。

她羡慕许多乐队里的挚友,也幻想着就算脱离了室友的关系,她和林凭风还能做一个乐队的队友。她们始终会是彼此最好的朋友。

可是练了这么久,到底练出来了什么?只等来了林凭风的背叛。

最可笑的是背叛者竟毫不知情。

然而嫌弃林凭风的背叛又怎样,到了天气转冷,金时便又开始操心要给她准备什么生日礼物,还要煲电话粥听她讲歌曲的创作理念,然后辛辛苦苦为她写词。

金时终于想到要送一个小人偶,但挑来挑去都觉得不够满意,最后决定自己缝。很多个深夜里她琢磨针脚,研究如何锁边,忙得晕头转向,只是可怜的手指头刚遭受了贝斯的折磨,如今又要被针扎。金时的耳机里放着林凭风的音乐,幻想好朋友就在身边陪伴,渐渐把玩偶缝制成了林凭风的样子。

十九岁的生日,成人之后的第一个生日,她有千言万语要告诉林凭风,希望她自由、坦率,希望她能肆无忌惮地表达。可是等真跑到林凭风所在的城市,轻车熟路地混进学校,见到她那么鲜活快乐,离得老远就灿烂地笑着的样子,金时顿时开始不好意思,把礼物往林凭风怀里一塞,扭过头去硬邦邦地说了一句:"生日快乐。"

林凭风忍不住现场就要拆礼物,从盒子里翻出那个人偶时,开心得眼睛都亮起来:"哇!金老师你这么厉害!谢谢你!我好喜欢!"

金时脸上通红:"这么丑的玩偶,只有你会喜欢。"

小人偶的衣服也是她做的,确实歪七扭八,但是还是看得出来背上绣了红彤彤的可爱苹果。

　　林凭风看到了，两只眼睛亮晶晶的，下意识喊出声："哇！"

　　金时忍无可忍："不许再哇！"

06

　　大学四年金时找林凭风太多次，对她身边每个朋友都熟悉了，大家也都知道这人是林凭风那个坏脾气的好朋友，每次演出一定到场支持。

　　林凭风说金时有金子做的笔，给歌词润色比专业人士还专业，她甚至是苹果蠹蛾隐形的作词人。

　　长长的奔波历史，好似为了成全林凭风的梦，她有吸引所有人的灵魂，包括不甘愿的金时，每每到来看到她和男女同学跳跃欢歌，就觉得真心和石头难辨，渴望在身体里折磨自我。巴巴地跑来了，又不肯放下架子，尽说些刻薄的话，倒成了林凭风在哄她。

　　何苦来哉。

　　金时心里隐约知道，她在等的不是成为林凭风的贝斯手的时机，而是与林凭风不再做朋友的时刻。

　　由于大四要备考语言和本专业资格证书，金时不能二十四小时哀怨，顺理成章对林凭风冷淡许多，大歌星有演出要排练，竟也不来找金时。

　　可从心里说，金时的感情没淡下去过，几乎每天都有一会儿要怨恨她为何一条信息也不发。

第四章

元旦前一晚，看到林凭风发动态，哭泣的表情一列三个，说自己好孤独，不想一个人跨年。

金时从备考资料里拔出头来，猛然在想这是不是在暗示我，给我一个机会，让我去陪她。

是直接坐车去，还是打个电话先约定，为了选择又想半天。

冬夜，不见皓月，树木是一段段竖起来的黑影，校园显得素净又空旷。图书馆上完自习其实就十一点，但赶不到林凭风身边了。回宿舍洗漱，舍友两个不在，一个已经睡下，金时就读于应用性太强的专业，从大三起同学们就开始各自实习。

新年还有十分钟到来，金时穿上衣服，从宿舍里溜走。十二月的最后一天非常冷，路灯像许多饱胀洁净的月亮，天上挂着一牙弯月，人造的美满和天然的缺憾遥遥相望。

宿舍后面是一片香樟树，金时喜欢在这里散步，高大繁茂的树生来就是人类的守卫，这太过自我的认识全因为树叶奏响时照单全收了她的秘密。金时走到这里，步子很快，鼻尖和脸颊都被寒风吹得很痛。

金时很少去表达情绪，她仿佛是那个永远忧郁和理性的人，可是她愿意为林凭风一次次尝试。

她要调动心里最直接的快乐，语气要轻松点，她要放松紧巴巴的脸颊，说新年快乐。

她要说，如果你还需要的话，我可以明天就到你学校陪你；如果你的乐队有需求，我会每天苦练贝斯；我给你写了新年贺卡，距离你的生日还有一个半月，可是我已经选好了礼物。

为什么？因为我们是最好的朋友。

在今年的最后一分钟最后一秒，她拨通了林凭风的电话。

"新年快乐！"

林凭风竟有几分诧异，先回道："新年快乐。"

又转而问道："你怎么打给我了？"

"不是你发动态，说自己没人陪……"

"哦，那个呀！但是你干吗真的给我打电话呀！"

金时顿时沉默，她想自己又会错意了，林凭风把撒娇当成爱好，没有真心实意在里面，她为自己的愚蠢感到痛苦。

林凭风欢乐道："可是我还挺开心的！新年快乐！"

金时的情绪已经降到最低点，她听到那边很清脆的笑声和欢呼声，她另一只耳朵灌满冬风，她问："你在哪里？"

"嘿嘿，我们一群人在寺里等新年敲钟呢！"

有人在喊林凭风，在风里甜美的声音描绘出的名字是吹开的糖浆。金时的睫毛冰凉，她抽了抽鼻子，想说的话忽然变成盛夏里腐烂的苹果，里面钻出肥大的苹果蠹蛾，满怀恶意地飞翔。

林凭风说："我挂了！这边喊我出去放烟花呢！"

金时不是故意的，她不该对朋友有遐想，去做根本不适合自己的事。大半夜跑出来祝她新年快乐，不是电视剧的主角就别做这种可笑的行为，这么做是为了讨好吗？

她在此夜破碎，除了月亮，又有谁看得到，树不为她难过，冬风呼号。

她独自一人走回去。

第四章

07

跨年后，一个考试接着一个，金时在寒假找实习的间隙中，江湖郎中般给自己开药自我麻痹：忘记是良方，全部忘记。

痛经狰狞的时候，把忘记的咒语一拳一拳打进脑髓里。中午痛得在图书馆站立不稳，一路挣扎回了宿舍，忽而电话响起。

"喂喂金时！"她总是很快乐，令人牙痒的天真清爽。

"干吗？"

"为什么不给我写生日祝福？你每年都会给我写的，还会给我订花呢。"林凭风缓缓地说着，金时盯着火红的贝斯，它仿若一条安静的等待坏事降临的小狐狸。

她在台上光芒万丈，可是台下却会搂着金时要她买冰激凌，是因为这个吧？因为这个才这么恳切地付出。

"我忘记了。"金时撒谎。

"那你要补上，今天是我的生日，可是我只想要你的礼物，我只期待你的信！"

是因为这个吧？因为"只想"的特殊性，所以二十岁生日给她送了花，十九岁生日给她写了几十张卡片，还手缝了玩偶，十八岁生日冒着大雪去送礼物……

不要再投入，不要自愿溺水……你的良方是忘记，忘记想要做她最好的朋友的愿望。

"别开玩笑。"

"真的啊，别人送的不管多好，我最期待的还是你的礼物，今天我还想给你点个蛋糕吃呢，也算你和我一起过了，你倒好，都给忘了！"

金时接受不起这样亲昵的调侃。

她忽然觉得她等待的那个坦白时刻好像终于到来了。

"林凭风。"

"嗯？你现在道歉可晚了哦！"

"我知道今天是你的生日。"

林凭风疑惑："你知道？那为什么没有祝福我？"

小狐狸探出脸来，两只爪子捂着嘴笑，嘲笑着。

金时把那个不存在的痂掀开，抠挖里面的血肉："你真的好意思问为什么？因为你也没有祝我生日快乐，不是吗？我生日的那天是你学姐的毕业典礼，所以你一整天都在忙着给她拍照和送花，那我为什么要巴巴地祝福你？"

两边都静默，金时眼前模糊，检讨自己口舌的罪原来让人十分快意。

"啊？我根本不知道你会在意这件事……那我向你道歉。"

金时一个谎接着一个谎刮骨疗伤："没必要了，我不在乎，我就想告诉你，我们别做朋友比较好。"

"对不起！可是我记不住日子你知道的，我不是有意的，而且后来也把礼物补给你了。"

"是啊。"

"你一直在生我的气？我真不知道，可是你怎么也不告诉我呢？"

"我去要礼物吗？我是乞丐？"

林凭风提高声音，同时飞快地寻找解决方案："当然不是！

我们是最好的朋友呀,你说了我就会在乎的,再也不会忘了。我明天开车去找你好吗?"

金时坚决道:"不要来。"

"我当面给你道歉。"

"可我不想见你。"

"金时,我今天过生日,我们别这样好不好,我真的没想和你起争执,我也真的很重视你这个朋友。"

"好像是我把你的生日搞砸了?我看到你和一大帮人庆祝了,你还要我给你什么呢?你缺什么吗?我分不清楚你的好,你给我的好就像在开玩笑。随便给我的所谓特殊对待转手就给了别人,你根本就不理解我,根本不了解做什么朋友呢?"

"这几年我一直试图去理解你!是你从不说心里的话。"

"我要说什么?我对你还不够好?"

林凭风结结巴巴,手足无措:"你好,可是你又经常对我满不在乎,我该怎么理解?我甚至有时候觉得你嫌弃我!"

金时感觉有拳头在砸她的脑子,好像她就是因为错认自己对于林凭风是特殊的,才总是折磨自己,想断开又追上去,比夸父追日还要执着。

"你竟然这么傻。"

"就是你这种态度,这种语气,让我觉得自己跟在你身后是很蠢的事。"

金时想怪她倒打一耙,在深切的悲哀里觉得不要再无谓地争辩下去,她摇头,又摇头:"我们不适合做朋友。"

林凭风第一次用这么冷的语调："我当然知道，你特别讨厌我是不是？你一直觉得我笨。"

金时说不出话，一旦出声就是翻江倒海的抽噎，此刻她恨林凭风恨到自己的骨里和血里——林凭风就算如何不了解她，却怎能认为她厌恶她。

"金时，我根本就不知道你在想什么，你也从来不说！"

那又要怎么说？金时迷茫地想。

真的太久了，手上的茧因为没有练习而消失了，时间不可恨，皮肤会自愈最伤人，证明永恒是玩笑，诺言是刺向自己的刀。练琴的时候手指脱皮起泡，当时觉得是幸福，脓水和鲜血流尽了就能换到好的结局。

金时挂了电话，满面都是泪水。

房间太小，像锁住她的囚牢，她站起来困兽般转了两圈，看到那把在便利店打工两个月才买的贝斯，猛地冲上去举起来。

金时没有摇滚天赋，不喜欢钢铁侠，不喜欢冲动和夏天。

她把贝斯握住，举得高高的，她和林凭风的爱好性情南辕北辙，到底为什么要她苦苦维持这段友情。

她放下贝斯，抱进怀里。

从此以后两人再也没有联系过一次，金时删除了所有林凭风的联系方式，任凭她又找了自己多次。

终于找到实习工作，金时和新认识的同事一起去线下的演出现场，很多普通的红色头发漂浮着，摇滚的精神容易复刻，太多的特立独行也变成一种廉价制品，酒吧里放着音乐，金时待了半个小时就先行离去。

毕业典礼前她收到 offer，九月份出国读研。院里的毕业晚会，金时和另外几个女孩上台演出，她沉默地摆弄鲜红的贝斯，完成辅导员布置的任务，这是她此生第一次演出。

08

林凭风曾盼望她会出现。

她在台上有些哽咽，苹果蠹蛾是她一手组起来的乐队，虽然她梦想中的贝斯手没有到来。

整个大学期间林凭风尽力去伸展自己的枝丫，触碰自由和肆意的天空，她和最喜欢做梦的一群人在一起写歌唱歌，一切都会终结在今天。

十八岁最后一次在学校见面，金时把头发剪得很短，露出饱满的额头。

她的头发横七竖八地支棱着，比一些毕业后立刻去烫头的男生还要短，眼神清冽又充满攻击性。她一直像植物一样自然而笔直，坚硬且充满信念。

那时她们的通知书都已经寄到家里，到学校是为了最后见老师一面。

金时神情冷漠，但那不是为了冷幽默准备的面具，她望向林凭风的眼神里什么都没有，却能让热情退却。

报志愿的时候，金时曾问她为什么不填报自己的第三志愿，林凭风已经忘记自己是怎么说的了，或许有把学姐拉出来当挡箭牌，可到底为什么，林凭风没说实话。

金时不开心，她不开心时脸色很可怕，三句话至少有四个地方都埋着嘲讽。

林凭风想她稍微笑笑，去逗乐又被阻拦回来。金时眼神不善，好似在嘲笑她，林凭风疲惫地觉得自己是小丑。

如果她根本就没有机会去懂金时所思所想，又怎么能继续相处？

林凭风真的尽力了，她没有这么迫切地想和一个古怪的小孩交朋友过。在很多事情上，她往往能跟人一拍即合，因为她总是很受欢迎，是人群里的开心果，可是和金时对话却要思考对方的答案。

金时的性格实在过于特殊，欢喜时像一团火，冷漠时又像冰川，她的眼睛里经常能够迸发出让人心折的灵魂火焰，和旁的人都不一样。

林凭风经常觉得自己会被金时抛下，她从来没有追逐过这样吸引人，又总是让人怅然若失的朋友。

也许金时本来就不需要朋友呢？她经常不自觉这么想。

金时十八岁的生日，她送了一支钢笔，透明的笔身，简单的银边，简洁甚至有些冷酷的设计，和金时给她的感觉如此吻合，虽然她不知道金时会不会用这支钢笔继续写她的科幻故事。

如果不能和金时做朋友，那林凭风会很遗憾的。她曾经有很多遗憾的事情，可她是快乐的人，所以很多遗憾都忘记

第四章

了。

　　林凭风不确定风要吹多久才能带走她对金时的遗憾，也许几天，也许几年，也许永远不会。

　　在和金时相处的高中时光里，她时常想要发明一种读心术出来，去读金时埋下的伏笔、读她递过来的手、读她令人不解的行为。

　　金时是一座苹果的碉堡，她是徘徊在外面的虫。

　　青涩的青春，是没有成熟的苹果和徒劳的打探。

　　金时还是送了她毕业礼物，是厄休拉的《黑暗的左手》，里面夹着一封信。

　　金时的字笔锋力量很强，她在信上写着：谈人生，最难欢聚易离别。念故人，千里至此共明月。

　　在夏天把人推开的水流到达时，泪水把林凭风的眼睛点亮，她在这一瞬间往回穿越了四年的岁月，对着台下所有人说出了这句诗文。

　　封箱演出之后，乐队成员到后门小酒吧相聚，四年来来过太多次，可今夕复何夕。

　　大家聚在一起，真的还有下一次吗？

　　别去管明天了，所有人都喝了许多，游戏玩了几轮，泪水流下几滴，持续到午夜。

　　"小林，反正也都毕业了，我有问题想问你。"另一个乐队的女孩说。

　　林凭风做了个打开的手势："今天问什么都可以。"

"真的？"

林凭风点头："知无不言。"

"大家上学的时候都谈过几段恋爱，追你的人也不少啊，你怎么一个都看不上呢？"正在默默喝果汁的学姐停下了动作，目光转移到林凭风身上。

林凭风很爽朗地笑起来，牙齿洁净雪白，嘴唇是苹果皮一般的红粉，她从不羞赧，大大方方地说："因为我是个专心的音乐家啦！"

"少来了你！你是不是有喜欢的人啊？"

林凭风笑了笑，不讲话。

大家闹了一阵子，林凭风始终摇头，众人问不出所以然，也就不问了。

学姐问道："那我们的乐队，为什么要叫苹果蠹蛾呢？"

林凭风垂下睫毛，再抬起，眼睛还是笑着的："这可是个很长的故事。高中的时候我们聊天聊到各自最想要的超能力是什么，大家都说隐身和喷火什么的，但是我想要读心术。"

学姐说："这好像和我们的乐队名字不沾边哦。"

"因为直接叫读心术乐队也太土了吧，我就想换一个称呼，正好我知道有一种害虫叫蠹蛾这个名字。大概想表达的意思就是，如果蠹蛾吃掉苹果的心，就能够读懂苹果的心意了。当时我还为乐队想了很多，希望我们的歌能够帮助有误会的人们打开心结之类的。"林凭风真情实感地埋怨，"结果都没人问我！害我都没地方炫耀我的创意！"

这支乐队最终也没能大红大紫，这种伴随着梦想和豪情衍生出来的愿望,当然也无人在意。

学姐笑出了声:"青春期小孩之间当然会有很多误会,但是你个纯粹的乐天派,如果和朋友有误会也会及时说清楚吧。"她像是忽然想到什么,问道,"你的那个朋友呢?给我们写过词的,好像再也没来过了,你和她闹别扭了吗?"

林凭风这时想道,其实我也很会伪装吧,如果我伪装起来,你们也猜不透我的。

林凭风接着嘻嘻哈哈地回答:"怎么可能啊,就只是大家都长大了,都很忙而已。"她顿了顿,"自然而然就淡了。"

学姐叹了口气,说:"看来即使是读心术也解决不了长大成人后的渐行渐远。"

林凭风摇摇头,对此不做回答。

"你那个同学,真的是个很古怪的人,她好像很不喜欢我们,却又帮了我们那么多。"

林凭风艰涩道:"她一直以来就是那样的……"

那样古怪,众人都说她古怪,可是古怪也很可爱吧,林凭风这样想。

或许,她曾经这么想。

学姐长久地望着她:"你那位朋友,究竟是怎样的人?"

林凭风说:"或许我也没有真正知道过。"

是闪亮的人,即使在灰色的生活里也飞扬着,林凭风认真回忆:"是非常好的人,我见过的最幽默的人,很受大家欢迎。她是最坚忍的、最了不起的人,想做什么都做得到。"

灯光投在她的鼻梁上像淋了一层水,她紧张地笑了一下,回忆起杨树的声音、香樟的气味，以及酷似心脏的苹果。

是我读不懂也追不回的人。

不回头地走出去几千里，惝恍着回头，已经没有人在原地。

End

THE REGRET OF SPRING

CHAPTER 05

你是我很重要的人，
我不想今后和你毫无关系。

蓝　❀　洞

The Regret of Spring

文·白昼梦　Lan Dong

傲娇倔强『伪不良』╳天然腹黑小太阳

蓝 LAN DONG 洞

文·白昼梦

THE REGRET OF SPRING

00

"你听说过蓝洞吗?

"在某些静谧的近海,洋面上会突然出现一汪深蓝色的圆形水域,从高空看,仿佛是大海的瞳孔,于是被人们称为蓝洞。

"古印第安人认为蓝洞中住着名叫卢斯卡的恶魔,它的脑袋像鲨鱼,尾巴像鱿鱼。这种怪物会把进洞的人甚至将船只一起抓住卷走,然后拖到水下深处吃掉。

"我就是一只住在蓝洞里的恶魔。"

01

放学后的落雨总是最让人讨厌的。

吴歧站在窗边,望着窗上溅开的雨点,铅灰色的云层缀在学校上方,平白生出些冷硬如铁之感。明天是十一假期,今天不上晚自习,放学便比平时早。

从高二八班的窗前望去,正好能看到尉城一中的大门,看到五颜六色的伞和黑白二色的车流簇拥又分散。

大多数人都被接走了,同组的值日生也已经收拾好书包,对着她欲言又止。

"吴歧,别忘了关灯。"一个女生轻声说。

窗外闪电划过,雷声轰然。

吴歧的正脸大约是被闪电照亮了的,在那一瞬间,逆光的背影显得更冰冷坚硬,有种不近人情的孤单。

没有人问吴歧带没带伞、需不需要一起走,教室木门嘎吱响了一声,走廊里学生们的脚步声渐远。

在八班,吴歧是个不受欢迎的人,她是高一下学期才转来的,性格高傲,行为乖张,在仪容仪表要求严格的尉城一中披头散发不说,甚至连校服都不穿,每天一身摇滚风的衣服,走路时挂在裤子上的银链哗啦直响,身上还一股烟雾缭绕的味道,连说话声音都是沙哑的烟嗓,好学生们自然不屑与之为伍。

叛逆也是一种风格,循规蹈矩的高中生们自然也有对其心生向往者,奈何吴歧浑身上下散发着"姐不需要朋友"的酷酷气质,无视班上几个爱撩拨人的男生对她的一切示好。

等到期末考试后,大家发现这人居然成绩优异,是个学霸,

第五章

这下吴歧在后进生中的口碑也彻底坏了。

吴歧没有朋友，也不需要。

"吴歧！"她听到了熟悉的声音，一只手臂从后搭住了她的肩膀，动作和声音显得主人开朗热情。

这个声音、这只手总在离她最近的地方，在右手边的另外一张桌子那儿，只消她一转头，多半是能看到的——这就是所谓的同桌了。

"周东春……把你的手拿开。"

"糟了，我没带伞！"周东春忽然惊道。

吴歧忍不住转过头，盯着周东春的脸。

周东春是个非常符合大众刻板印象的体育生，身材高挑挺拔，肌肉紧实漂亮，常年的田径训练让她的皮肤呈现在太阳下自然形成的小麦色。

她成绩一般，但运动神经超群，性格开朗，脾气又好，人缘一向不错。

如果要高二八班的同学想出一个能和吴歧好好相处的人，恐怕也只有她了。

与周东春正相反，吴歧是个黑发如云肤白胜雪的漂亮姑娘，眉目深邃，妩媚与英气兼具。

在无数青春期少女为发育带来的皮肤和身材问题挠头时，她从来不为此困扰，着实可气。

但外表上的优势并不能抵消性格带来的"缺陷"，即使是漂亮女孩，总是臭着一张脸仿佛别人都欠她三千万，也会让人退避三舍的。

吴歧面无表情时就更可怕，眼神幽深且空洞，有种与世界隔离的冷酷。

露出这样的表情是吴歧的常态，但周东春出现在她身边时这种酷酷的冷淡往往会转化为暴躁，比如现在——

"那你到底在兴高采烈什么啊？笨蛋！"吴歧忍不住斥责道。

"抱歉抱歉，害你在这里白等了我半天。"周东春双手合十，盯着吴歧的那双眼睛黑且明亮。

"谁等你了？"吴歧反诘，"我只是今天值日，走得晚。"

"这样吗？也没关系吧。反正我们顺路，放学一起走不是很好？"周东春好脾气地笑笑。

"你傻啊！"吴歧对同桌的愚蠢忍无可忍，"我们都没带伞，这么大的雨怎么走？"

周东春也不含糊，从书包里掏出运动服外套，又脱下身上的校服外套一起罩在吴歧头上："这样你应该不会被淋得太湿！"

被衣服包围的吴歧惊呆了。

教室外的天空彻底黑了下来，仿佛夜色合该在下午五点到访，暴风雨里只有教室的顶灯是白的，稠密的雨声里异国的曲调忽然响起来。

"你的电话。"吴歧的声音从两层外套下传出。

毕竟这个彩铃是吴歧嫌周东春的默认手机铃声没品位替她换的，自然很熟悉。

第五章

它的名字是 *Sofia*，一首西班牙语的歌曲，曲调轻快悠扬，不懂西班牙语的人恐怕会觉得是一首快乐的曲子。但吴歧看过歌词，那是分手后的男人向离去的恋人道别的心声。

吴歧一向对感情的事嗤之以鼻，那天却鬼使神差地点下了选中。

不相遇就不会别离，可如果一定要别离，那一定不要闹得狼狈不堪，要笑着说再见。

歌词风格显然与周东春不符，但周东春对这些一窍不通，曲调不错就好。被换铃声她不介意，只是刚换还不太习惯，需要吴歧提醒。

周东春从校服裤子深深的口袋里摸出手机，接起电话开了免提。

"阿春啊，这么大的雨，爸爸去接你。我想叫个车到你们学校，但没有司机接单。"

"不用啦老爸，这个点店里还有生意吧，这么大的雨你还能赶人家走吗？不赶人走你怎么关店来接我？放心吧，我和同学在一起呢，我们可以互相照顾一下。"

"不然你先在学校待着吧，附近是不是有那个什么……奶茶店？你点点东西喝，等雨停了再往回走。"

听着父女两个温情的絮叨，吴歧沉默地走神了。

尉城一中在开发新区，周东春家在老城区，坐公交车要四十分钟，走路要一个多小时，周东春上下学则是用跑的。

用她本人的话说就是这样省钱又锻炼身体，省下来的钱可以多买点运动弹力绷带。

吴歧家近得多，正好在周东春回家的必经之路上，走路只要二十分钟，是一家住户以单身白领为主的LOFT公寓。

她们都是没人接送的孩子，熟络起来后便经常一起回家。

不同之处也有，周东春没人接是因为母亲早逝，父亲忙于打理生意，所以自己提出的要独自上下学；吴歧刚好相反，她父母双全，却是孤身一人独居在这个城市，家里人提出要给她请个保姆也被一口回绝。

吴歧忽然抬手摘掉自己头上的两层外套，介入了父女的温馨谈话："叔叔您好，我是周东春的同学吴歧。我家离学校比较近，而且只有我自己，今天可以让她在我家住。"

02

用手臂把校服撑平搭在两人头上，然后一同冒雨回家这件事，实在是过于青春了。

只要这样描述，人的脑海里自然会联想到夏天、橘子汽水、少年时代这般的关键词。

冲出教学楼门的刹那，吴歧却完全想不到这样美好的词语，只觉得自己和周东春待久了恐怕也变傻了。

浇落在她们身上的每一滴雨都是硕大的，又大又密的雨点一颗接着一颗，不像是下雨，更像上天在开闸泄洪。

不用到家，只是从教学楼到操场的距离，她们就会全身湿透。

但吴歧抿了抿嘴唇，没有开口要求回去，继续跟随体育生的步伐拔腿狂奔。

因为周东春的手臂牢牢地压在她头上，因为吴歧看得到，大部分的外套都遮在她身上，周东春甚至连头都没盖好，雨水顷刻间润湿了她的头发，又汇成无数道水线，沿着饱满的眉弓和挺拔的鼻梁往下淌。

吴歧并不矮，身高足有一米七，无奈周东春已经接近一米八且没有停止发育的趋势，遮雨的衣服只能由她举着。但这副老母鸡张开翅膀保护小鸡的姿态与个头无关，只是因为周东春是这样的人罢了。

周东春却一副若有所思的苦恼神情，忽然问道："同桌，是不是挺热的？"

"啊？你在说什么傻话……"吴歧不耐烦地抬眼。

她本来就不太喜欢和别人挨得太近，如果不是周东春她不会允许别人把手臂压在自己头上，即使是周东春她也不想欠对方的人情，被这样保护在撑开的外套下，只想早点带人回去，根本没心情在意热不热。

"你不觉得有点闷吗？"周东春诚恳地问。

吴歧觉得周东春又开始犯傻，然而淌过校门前没过脚踝的水流的一刻，她忽然意识到自己身旁存在的清晰温度。

白色T恤已经湿得紧紧贴在周东春身上，可周东春体温又很高，不知道是不是体育生都这样，带着湿意的热气在吴歧身边散发，难怪周东春觉得闷。

她不说还好，说了吴歧也觉得闷了，真是烦死了。

有时候很傻，有时候很可靠，有时候又会说一些很微妙的话，真是烦死了。

吴歧开始回想，周东春是个什么样的人。那恐怕要追溯到她们的第一次见面了。

她们的初见并不愉快，高一下学期刚开学的某个清晨，刚转学过来的吴歧孤身来到尉城一中报到。

那天起了大雾，早自习的时间各班学生基本都在教室，连体育生们也大都因为能见度的问题在班自习，能够躲懒的好机会大家都不会错过，只有周东春一个人坚持在操场上晨跑。

后来吴歧知道，周东春的目标是进省队，她确实有天赋，只是缺一些机会，因此比任何人都要努力，比任何人都要认真。

那时的吴歧刚从家里逃出来，正是竖起浑身的刺防备全世界的时候，因此走神撞到吴歧的周东春撞到了只"刺猬"。

于是周东春的"对不起你没事吧"只说到了"没"字，就被吴歧一句冷淡的话语噎在了喉咙里："没长眼睛啊？"

体育生一般成绩不好，脾气也不好，吴歧也不在乎，单手插兜一副吊儿郎当的不良学生模样——要打就打。

没想到对方眨眨眼睛，认真回答了她的问题："长了啊。"

吴歧停顿了一下，这人笑了起来："同学，你这样不穿校服容易被教导主任抓的！"

这是嘲讽吗？看眼神是不像。

吴歧感到一阵莫名其妙，走得好好的突然被路过的"傻"大个儿撞了，还被好心提点了？

沉默几秒后，进教学楼的进教学楼，晨跑的继续晨跑了。

第五章

那时的她们还属于高一八班,教室算是高一年级的风水宝地,毗邻洗手间——在课间休息经常被各科老师占用的高中时代,这样近的距离给了八班同学们充足的放水时间。

不足之处当然也有,人吃五谷杂粮,离洗手间近就难免会从后门飘来一些不太好的味道。

吴歧好洁,但面对巡楼的男老师,她还是选择走进来消停一会,避免唠叨。

望着窗外的操场,她拿出颗长长的、形似香烟的糖果把玩。

吴歧已经过了孩子气的年纪,但她却固执地选择了用孩子气的方式表达叛逆。

毕竟在老师以为学生做坏事的时候故作无辜地表明这其实只是糖果也很有趣。

她眯起眼睛,把糖果叼在嘴里,转身向外走。

以尉城一中的升学率,早自习必然是管得很严格的,不应该有学生在这期间出来上卫生间,然而迎面走来的恰恰是名学生——刚才撞到她的那个"傻大个"。

吴歧不快地啧了一声。

谁知对方睁着一双又圆又大的黑眼睛,坦然问道:"你在抽烟?"

吴歧没理她。

"你这么出去会被老师发现的。"

吴歧用力咬牙,糖果在齿间碎裂:"多管闲事。"

孽缘本该到此结束,然而吴歧站在讲台上自我介绍的时候,这个人又出现了。

她推门而入,却没有被批评,而是轻车熟路地回到了最后一排的座位上。

"我是吴歧。口天吴,止支歧。"

吴歧目光扫过教室,只是打眼一看她便知道,前排大多是成绩优秀的好学生,最后两排则是被基本放弃的"自生自灭区",但视线同"傻大个"对上的时候她忍不住皱起眉:那目光专注纯粹,还带着友善又好奇的笑意。

于是吴歧补了一句:"下课不用来和我打招呼,我不想和任何人做朋友。"

真是好生嚣张。

班主任把好生嚣张的吴歧指去了最后一排,"傻大个"身边的位置,从那以后她们就是同桌了。

同桌的关系也未必会好,小学的时候同桌之间会画三八线,高中难道就不会?只不过是换了一种看起来不那么幼稚的方式。

周东春倒是友善,上课悄悄给她传纸条,而吴歧看都不看,抬手就丢进垃圾桶,纸条跨越小半个教室,在空中划出完美的抛物线。

其姿态之潇洒,态度之嚣张,直叫一把年纪的数学老师须发皆立,叫两人一起罚站。

吴歧不解释也不反驳,只是对着讲台发出一声冷笑,起身时桌椅在地面上狠狠摩擦出刺耳的声响,随后双手插兜三步并作两步走出教室。

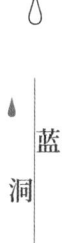

第五章

有了这么一出,同桌之间的关系自然很难融洽起来,直到学期末。

尉城的冬天一向冷而无雪,每到这个季节,周东春在学校做完田径训练天色都已经彻底沉暗下来。

期末考试的前一天,放学后穿越小巷的周东春听到了熟悉的烟嗓。

"就这么几个人?那一起上吧。"

说实话,吴歧实在不算是个讨人喜欢的同桌,性格冷淡又暴躁,戒备一切能看到的类人生物,可周东春也确实做不到对听上去就是打群架的情况视而不见。

巷子里除了吴歧还有三女一男,大冬天光腿的光腿,露腰的露腰,发型和发色同样夸张,妆容浓得看不清本来面目。

看来吴歧比起真正的不良少年们还是有一定差距的!

踏入巷口的瞬间所有人的目光都集中在周东春身上,她却笑着拨开那几个人走到吴歧身边,自然而然地挡住了她的后背。

"吴歧,这是你的朋友吗?你们在玩什么?带我一个吧。"

那天的巷子里十分热闹,最后的最后小混混们躺了一地,两个人也都挂了彩,带着眉梢嘴角的乌青一起往回家的路上走。

路上吴歧终于忍无可忍地问道:"你就没想过会受伤吗?万一受了不可恢复的伤,你还能做这个体育特长生?"

"这种时候也顾不了那么多吧。"周东春摸着自己脑后的马尾,刚才打架时她被抓了头发,那人拽得可真疼,"同学遇到危险,我也不能事不关己地走开啊。"

"你可以报警!"吴歧愤怒地提醒。

"可是来不及了啊。"周东春认真说道,"等警察到这里,也许你已经受到不可恢复的伤害。"

吴歧语塞,半晌才说了一句:"要你多事!"

第二天放学后,周东春训练完回班拿书包,看到往日空空的教室里多了一个坐在位置上听歌的吴歧。

她们对视了一秒,吴歧率先拎起书包往外走,周东春大声笑着跟在后面,笑得吴歧臭着脸叫她不要笑了。

她没问,她也没说。

只是从此之后每天都有一个人在教室里等周东春训练完一起放学,无论刮风下雨。

只是今天的雨真的够大,两个人贴在一起真的够闷。

雨滴从吴歧的睫毛上滴落,模糊了她身旁撑着外套的高个女孩的身影。

吴歧又问了自己一遍:周东春是个什么样的人?

是个笨蛋。

03

吴歧推开家门的时候两个人都仿佛从水里捞出来的。

周东春像个乡下进城的土包子,对LOFT公寓的复式结构表示了惊讶:"吴歧,你家是两层啊!"

"别大惊小怪的。"吴歧一边数落一边从卫生间拿了毛巾递给周东春,"先去冲个澡,晚饭再说。"

周东春站在门口,用毛巾在身上一阵胡乱揉搓,然后就那样把毛巾盖在头上笑嘻嘻地说:"你先洗吧,我身体好,不会感冒的。"

"叫你先洗你就先洗,别那么多废话。"

"但是我剪了短发之后头发干得很快呀,倒是你,头发那么长,小心捂久了头痛!"

吴歧瞪了她一眼,随后伸出右手。

周东春歪了歪头,把腰略微弯下,还带着点湿意的下巴准确地搭在吴歧手心。

"你,你你……你在做什么啊?!"吴歧高声质问道,一张脸涨得通红,瓷白的肤色更显得她两颊艳红,却没把手收回来,不知道是不是气忘了,"你是小狗吗?我是让你把毛巾给我,我给你再换一条!"

周东春笑着抬眼看她,湿润的刘海压在眉毛上,一双明亮的黑眼睛倒是显得更大了。

她说话时下巴尖在吴歧掌心轻轻蹭着,有些痒:"这不是之前我们学校女生之间很流行的游戏吗?毕竟同桌的穿搭这么时髦,我也会了解一下流行的!"

吴歧似乎被这句话里的什么字眼烫得哆嗦了一下,猛地甩开手,冷着声音道:"我最讨厌跟风了,别跟我说什么流行的小游戏。至于我的穿搭品位……你确实应该好好学习一下。"

随后她逃也似的钻进浴室,磨砂玻璃门在周东春面前狠狠关上。

看着模糊得不见人影的毛玻璃,周东春没来由地觉得,她们还没真的熟悉起来。

吴歧总是笼罩在迷雾里,把自己的心关在高墙里,像高塔上的长发公主。

长发公主还会放下头发让养母和王子上来,吴歧却只会把头发剪断,让所有想要接近的人都狠狠坠落。

忽然浴室门吱地开了,一条毛巾甩了出来。

周东春哎哟一声,连忙伸手捞起差点落地的毛巾。

不过,偶尔也能看到一点发梢吧。

两个人都洗漱完毕已经是晚上八点了。周东春从浴室出来时窗外依旧电闪雷鸣,雨没有任何停歇的意思。

吴歧歪在客厅沙发上摆弄打火机,打火机上面的浮雕是精美的恶魔像,机盖开关时清脆响亮的金属声令人心情愉悦。

"叫不到外卖,"吴歧说,"冰箱里只有饮料。"

"那你平时都吃什么?"周东春奇道。

"楼下便利店。"吴歧淡淡回答。

果然就是这样。

两人相熟之后周东春开始了解吴歧,明明除了发型和衣着打扮外,她的其他地方都和不良少女无关,却从来不解释,放任别人误解她,放任她那骄傲的态度引起外人的不满,甚至被找碴堵在小巷子里。

真奇怪啊,明明成绩和头脑都很好,做事情却叫人摸不到章法,好像她活着的唯一意义就是端着冷冰冰的态度愤怒地燃烧下去,直到彻底将自己燃烧殆尽。

第五章

周东春并不想对此坐视不理。

"你家里人也真是的,让你一个人出来上学,却没教你怎么一个人生活。"她感叹着连连摇头,也坐在沙发上。

周东春是会做饭的,还做得很好吃,然而巧妇难为无米之炊,总不能叫她变出来食材。

吴歧却忽然沉下脸色,说道:"你一定要打听我家的事吗?"

周东春看着她,心里的某种熟悉感越来越强烈。

"不是打听,只是刚好说到这里,你别太警惕了。"周东春在沙发上伸了个懒腰,毫不避讳地迎向吴歧的眼睛,"要说朋友间的好奇,确实有一点,但如果你不想说我也不会逼你。"

吴歧半带嘲讽地笑了一声。

周东春想起这种熟悉感是什么了,她们之间那堵墙又高高地升起来了,明明只是洗个澡的工夫而已。

周东春挠了挠后脑勺,剪了短发之后她摸不到自己的马尾了。

她不太喜欢这个感觉,尽管不知道理由,但直觉每次都指挥她在这种时候说点什么,哪怕吴歧张牙舞爪地开始发火也好。

吴歧却忽然问道:"你听说过蓝洞吗?"

周东春好奇道:"那是什么?"

"在某些静谧的近海,洋面上会突然出现一汪深蓝色的圆形水域,从高空看,仿佛是大海的瞳孔,于是被人们称为蓝洞。"

吴歧对这些冷僻的知识一向有兴趣,周东春也能听得兴致勃勃,不同之处在于吴歧看完会保存在大脑里,周东春听完就听完了,记忆中空空如也。

"古印第安人认为蓝洞中住着名叫卢斯卡的恶魔,它的脑袋像鲨鱼,尾巴像鱿鱼。这种怪物会把进洞的人甚至将船只一起抓住卷走,然后拖到水下深处吃掉。"

"所以呢?"

"我就是一只住在蓝洞里的恶魔。"

周东春张大了嘴:真的假的?原来她同桌不是人?

"没关系。"她连忙认真说道,"我会替你保密的,不会把你交出去的。"

"你是真的傻吧!"吴歧再次暴怒,"你是不是小学语文就不及格?不知道什么叫修辞手法吗?"

周东春连忙诚恳道歉:"对不起啦!小学语文课我确实都是睡过去的。"

……

"所以你是人类对吧?"

"我是不是人类不一定,但你肯定是傻瓜!"

看着吴歧仿佛一口老血噎在嗓子里上不去下不来的愤怒郁闷模样,周东春摸了摸鼻子,非常懂事地跑去冰箱前,拿了两瓶饮料出来。

她觉得自己应该再说点什么,于是问道:"那蓝洞里的恶魔是什么意思?"

话出口后的那段沉默,直到十年后周东春仍然记得很清楚。吴歧的神情非常晦涩,以周东春的迟钝都能感受到什么叫心中五味杂陈。

在周东春以为自己得不到答案的时候,吴歧却说话了:

"意思就是不要靠近蓝洞,像你这样随便靠近的人都会被恶魔撕碎吃掉。"

04

凌晨一点,吴歧侧躺在舒适的席梦思床垫上,目光触着不远处的衣柜门,毫无睡意,无比清醒。

她身后接近半米的距离外是呼呼大睡的周东春——没办法,在这间 LOFT 里只有一张大床。好在床真的够大,被子也足够,两个女生各睡各的,完全井水不犯河水,中间甚至能留出一条楚河汉界。

周东春的睡眠质量实在太好,吴歧听着她均匀的呼吸声甚至能想象到她黑甜的梦境,没来由地开始生闷气。

吴歧知道,她其实就像一只鱼缸,许久没人打理,却依旧水质清澈,底沙干净,鱼儿每天悠游自在,横冲直撞也无人管,被养得美丽又跋扈。

而周东春是外界忽然砸进鱼缸的一块石头,藏在底沙里的积年污垢都被震得弹了出来,顿时暴露出种种污浊不堪的本质。

随便提出尖锐的问题让别人胡思乱想,你自己倒是睡得挺香。

吴歧闭上眼睛,告诉自己也要赶快入睡。

吴歧是抛弃了自己的家逃出来的。

她有一个美丽的"菟丝子"母亲和一个风流成性的富二代

父亲，风流公子哥在外面玩得兴起，"菟丝子"攀附不到男人，便要来攀附女儿。

也许她的"菟丝子"母亲并不是想攀附，而是真心爱她的父亲。

据家里的七大姑八大姨所说，她的父母也曾经真心相爱，父亲是违背了祖父的意愿和母亲结婚的，甚至不惜放弃继承家里的产业。而只有一个独子的祖父自然舍不得把家里的资产拱手让人，最后还是捏着鼻子认了这个儿媳妇。

应该确实是爱过的吧？吴歧回想起来从前的事觉得这还是能够确认的，毕竟从前她还不叫吴歧，而是吴慕乔——父亲的"吴"，母亲的"乔"。

但随着红颜易老，恩爱散尽，男人轻而易举地变了心。

母亲便开始哭，哭着求男人不要找其他女人，哭着求亲戚劝说男人回归家庭，哭着求吴慕乔努力争气让爸爸回心转意。

小时候的吴慕乔会因为母亲的眼泪而拼命上进，以求父亲能够多看看她们母女，但不知道从什么时候起，吴慕乔开始厌恶这一切，厌恶家里冰冷哀戚的空气，厌恶母亲无休无止的哭诉，厌恶以爱为名的要挟。

吴慕乔开始变得叛逆，她脱下温柔大方的淑女裙，打了四五个耳洞，穿上摇滚朋克的衣裤，宣泄自己的情绪。

她是一个独立的人，有自己的意志。

但母亲只会哭诉不满这样的吴慕乔会让父亲失望。

怎么会呢？吴慕乔冷笑，他根本不会看她们母女。

再后来母亲的眼泪哭干了，便只有流血了。

第五章

吴慕乔高一开学那天,她割开了自己的手腕,终于让男人回来看了她一眼。

吴慕乔不知道这一眼对她来说算什么,但她确实是闭着眼睛走的,甚至没给女儿留一个眼神。

他们确实好过吧?可好没好过又有什么意义呢,相聚不高兴,分开也不干脆,怎么就不能爽快道别?

出殡那天铅灰色的云层绵延千里,像天空中的干涸山脉,厚重却没有水。

吴慕乔没有流一滴眼泪,她从母亲身上学到的只有一点,那就是不爱便不爱了,好聚好散。

不,干脆连开始都不要开始。

葬礼结束的第二天吴慕乔去找了父亲,她努力对父亲大腿上的女人视而不见,清媚的眼睛里跳动着冰冷的火。

她说她要离开这个城市,去尉城,那边的一中是省内最好的高中之一,转学手续她已经打听好了;她说他得给她买套房,要环境好,离学校足够近;她说她要改名,未成年人改名需要监护人随同,她给自己取了新名字。

男人难得对她的事好奇了,问她新名字是什么。

"吴歧,"她说,"歧路的歧。"

歧者,岔路也。她要走上与父母不同的道路。

吴歧,也是无歧。

她也绝不会走上其他错误的道路,她绝不会被任何感情所牵绊,自然不需要同任何人告别,即便告别,她也要做先离开的那个,好聚好散,态度爽快,绝不拖泥带水。

可假如她无法告别……

吴歧猛然睁开眼睛。

loft 式公寓是通顶的落地窗，大亮的天光洒落在客厅，卧室所在的二楼照不到多少，但明亮的气氛已经足够唤醒她。

她身旁空无一人，只有叠得整整齐齐的被子，楼下隐约传来某种食物的香气。

吴歧从床上坐起身，脚步轻快地从楼梯上走下来，周东春系着围裙，正端着碗盘从厨房往外走。

吴歧很清楚自己家厨房的那点配置：若干盐、若干糖、一个水盆、一个电煮锅，除此之外连酱油都找不出来。

凭借如此简陋的厨房用具，周东春居然做出了色香味俱全的一顿中式早餐——两碗热气腾腾的阳春面配上金黄鲜嫩的煎蛋饼，清澈的面汤让人看了便觉得食指大动。

"你……"

"早啊，这是我下楼买的。"周东春爽朗笑道，"我给老爸打过电话了，晚上再回去。他还嘱咐我和你好好玩呢。"

吴歧"哦"了一声，下意识后退一步，早上刚起床她的脑子还不太灵光，显得有点呆。

"你不爱吃这个吗？我记得在学校食堂看到你的时候，你还挺喜欢点面食的。"

"没有，我随便。"

她已经想不起来上次早上起床家里有热气腾腾的早餐还有人问候是在多久之前了。

即使刻意回避，那种压抑忧郁又孤独冰冷的氛围也已经存在了她的肌肉记忆里，让她面对平凡的幸福的第一反应是退避。

直到走到洗漱台前，把冰冷的水扑在脸上，吴歧才彻底醒了。

水龙头里水流汩汩地流淌，洗手池上方的镜子里映出一张失魂落魄的脸。

早晨的梦忽然变得清晰起来，梦里的她对现在的她说：她绝不会被任何感情所牵绊，自然不需要同任何人告别。即便告别，她也要做先离开的那个，好聚好散，态度爽快，绝不拖泥带水。

可假如她无法告别……她就会真正化身蓝洞里的恶魔，把进洞的人抓住卷走，然后拖到水下深处吃掉。

吴歧猛地打了个激灵。

05

十一假期结束，返校的第一天，周东春发觉吴歧又把墙砌起来了。

这事不稀奇，周东春早就习惯这种拉锯式的拆墙和重砌，只是像她这样凭借本能而不是头脑生存的家伙在这方面总是格外敏锐，周东春不清楚理由，但就是知道这次的情况不太对。

放学时不再一起走，发送的消息都石沉大海，甚至连说句话她都很困难。

体育生训练是会占用课时的，周东春每天在班上的时间本来就不多，在吴歧有意的控制下，她们几乎连面都照不到。

如果是平常，再陪她的好同桌拉拉锯也未尝不可，但这次一向心态平和的周东春有点坐不住了。

因为在十一期间的比赛里她终于入了省田径队的眼，省队给她发来了邀请函，下个学期她就不在尉城读书了，要去省会。

如果说以往的吴歧是在冰冷地燃烧着，周东春还能看到火焰跳动的模样，那么现在的吴歧已经看不出任何燃烧的痕迹了。她们分别了仿佛并不是一个短短的七天假期，而是忽然横亘了一个世纪。

周东春破天荒地在训练时请了假，在原本用于训练的下午第一节课回到教室，周东春迎上的是吴歧把脸埋在手臂里的睡姿。

吴歧确实喜欢上课睡觉，也不知道究竟是怎么把成绩考得那么好的。

平时周东春在班的时候还会按照老师的脾气给她望望风，今天却做了叫醒她的那个人。

众目睽睽之下，周东春顶着历史老师难掩震惊的眼神拉着吴歧去了走廊。

教室里轰然爆发了一阵窃窃私语：拉人出去的是周东春？被拽走的是吴歧？她俩角色没反吧？

当然没反，吴歧眯着眼睛想，周东春看似乐观随和脾气好，有时候甚至有点傻，其实是个非常偏执的人，只要是她想做的事就一定要做。

"同桌。"周东春低下头,声音也低低的,看上去有些可怜,"为什么不理我?"

吴歧没说话。

周东春定定地看着她,声音甚至有点沙哑:"就算你要和我绝交,我也要知道理由。"

"为什么要有理由。不想和你玩了。"吴歧别过头去。

"因为我被省队选中了,假期就要走。"周东春坦诚道,"我不想就这么什么都不明白地和你分开。现在网上联系这么方便,见不到面不代表不能说话,但如果你不肯回应我,就真的到此为止了,我不想和你到此为止。"

吴歧忽然颤抖了一下,她确实是在避着周东春,她想结束她们之间的联系。

但那应该是一个更漫长的过程,是在剩下的两年里日渐陌生,最后变成与彼此印象失真的另一个人。

她们必然不会上同一所大学,然后日久天长,以后同学会再见面的时候说不定还能相视一笑,说说以前的事。

那样既不会像她的父母一样闹得十分狼狈,她也不会像蓝洞恶魔一样将周东春吞噬殆尽,而不是像现在这样猝然分别,甚至让人来不及回头。

仿佛兜头一盆冷水浇下来,吴歧猛然清醒过来。她想起无数个失眠的深夜里自己的赌咒发誓,她要做先离开的那个,好聚好散,态度爽快,绝不拖泥带水,她有了决断——

吴歧仰起脸,认真看着周东春的眼睛,说道:"我说你这个人,再迟钝也好歹有点自知之明吧?之前和你一起玩只是被你缠没办法，但你自以为是的态度让我觉得烦了，所以我想绕着你走，不想再和你产生任何联系。"

"你说谎。"周东春轻声说。

"你想怎么想都好，但我不想再和你产生联系这件事你总该知道了吧？"

"知道了。"吴歧很少听到周东春那么飘忽的声音。

"那我走了。"吴歧转身走回教室。

青春期的孩子们倔强起来就是这么旁若无人，她们可以无视老师、无视规则、无视后果，甚至无视自己的心。

时间是种神奇的东西，有时候无比漫长，让人盼望着能过得快一点、再快一点，有时候又在人希望它停滞的时候飞快地流逝了。

高二上学期就这样猝不及防地结束了，期末考试后吴歧在家里好好睡了一个周末。

就在她开始百无聊赖的时候，一条条消息通过聊天软件发送到她的手机上，发消息的人是周东春。

我知道，你其实不想和我绝交。

但是，你这个人啊……像什么在燃烧着的东西一样，如果非要和你对着干，只能被你烧死，或者看你把自己烧干净。

当我发现我说不明白这种感觉的时候开始有点后悔没有好好学语文了。

所以那个时候我妥协了。

不过妥协这种事真的很不适合我，我跑了很多年田径，跨栏的时候也摔倒过很多次，可是只要坚持练下去，找到跨栏的技巧，最后我还是能跨过去。

所以我想再试一次。

而且过了这么久了，你的想法也有变化了吧？现在能不能告诉我究竟为什么要和我绝交啊？

你是我很重要的朋友，我不想今后和你毫无关系。

我也不想。

吴歧放下手机，看向巨大落地窗外的天空，向从未相信过的神明发誓。

明天，明天出成绩，如果明天她们能见面，她就告诉周东春自己疏远她的理由。

她会尝试走出蓝洞，尝试违背恶魔的本性，告知人类恶魔的真相，把选择权交给她。

可有些明天是永远都不会到来的，命运从来不给人迟疑的机会。

省队提前开始集训，周东春坐半夜的火车离开了尉城。

看成绩的时候吴歧摸出了手机，指尖解锁屏幕，点进和周东春聊天的对话框，又退出，熄屏，这样机械的动作她反复做了一整天。

每一次点进去她都问自己，蓝洞里的恶魔会不会把周东春撕碎，每一次她都不能给自己一个确定的答案。

也许那就是所谓的命运，命运告诉她和周东春的交集就应该到此为止了。

这样回想起来，吴歧才发现，教室外的谈话就是她们的最后一次见面。

06

吴歧在高中毕业的第十年秋天回到了对她来说堪称陌生的尉城，她不会在这里停留很久，毕竟赶通告就是在各个城市飞来飞去。

高中的吴歧无论如何也想不到，自己会在大学的校园里被星探看中，走进娱乐圈成为一名演员。

有家里的经济支持，吴歧倒没吃什么不该吃的苦，而该吃的苦也一样没少吃。

也许正像周东春说的那样，她心里有一把火，不是烧死自己就是烧死别人。

而干演员这行，她可以一次又一次烧死自己扮演的角色，自己勉强得以幸存，反而成了年轻小花中演技出众的那一个。

酒店套房里，身边新换的年轻助理向她汇报完日程，有些兴奋地问她："姐，你是不是在这儿读的高中？"

"对。"提到高中，吴歧变得有些倦怠，但还是能耐着性子回答小助理的问题。十年那么短又那么长，已经足够吴歧压下性格里过于暴躁的部分。

小助理更兴奋了，正想接着问话，忽地一阵铃声响起。

吴歧忽然停顿了一下，问道："你的铃声是 *Sofia* 吗？"

第五章

"对，还挺老的一首歌，姐你也喜欢这首吗？"小助理边掏手机边往门外走，"您等等我！我接个家里的电话！"

喜欢吧，吴歧想。

——我已不相信你，我会就此放手。就此分别，只想孑然一身。你看呀，我亲爱的索菲亚。没有你，我的生活还会继续，我还是这么无忧无虑。

毕竟即使已经过去了快十年，她仍然清晰地记得这段歌词，并且忽然很想知道，周东春的手机铃声是否还是这首 *Sofia*。

她换了很多个手机，只有某段聊天记录被她导入再导出，妥善地保存在每一个手机上。

你是我很重要的朋友，我不想今后和你毫无关系。

她们确实不算毫无关系，周东春进了国家队，吴歧关注着她的每一场比赛，只是不知道周东春是否也会这样看着她出演的电影。

小助理迈着快乐的步伐跑了回来，看来和家里聊得不错。

"姐，我们刚才说到哪儿了？"

"你的手机铃声。"

"哦对！姐喜欢这首歌的什么呢？"

"大概……不是所有的相遇都能好好告别吧。"

"也对哦……这是首悲伤的歌。"

吴歧笑了，她忽然想起母亲死去的那天，想起出殡时阴沉无雨的天气，想起自己无数次问自己的问题：像她父母那样相爱的人为什么就不能爽快道别？

原来甚至不需面对爱情，她就已然不能和某些人爽快地道别了。

但她可以放逐蓝洞里的恶魔，从此孤身一人，独居于此处。

End

THE REGRET
OF
SPRING

CHAPTER 06

也许从一开始，
那便是颗不会开花的玫瑰种子。

the Regret of Spring

文 · 海盐柠檬糖

玫瑰 ❋ 种子

Mei Gui Zhong Zi

自我封闭优等生 ✕ 热情主动小太阳

玫瑰种子

MEI GUI ZHONGZI

文 · 海盐柠檬糖

SPRING MISSED

01

五彩灯球转到这边时，舞池里肆意扭动的男女暴露在光点之下。耳膜和心脏从未经受过如此强烈的冲击，我紧攥着马天尼杯，头一回发现原来音乐也会让人有想吐的冲动。

在离家出走后的第一个小时，我就有点想要回去了。

视野所及之处，人们跳跃、尖叫、随着节拍摆手扭胯。推门走进来时的勇气与激情已经如潮水般褪去，我只能再看一眼手机——屏幕上已经有了五十六通未接来电。

在灰溜溜回家和继续留在这里之间犹豫了一会儿，我想，这里也不是不能忍受。

在我十八年听话顺从的人生中，这次的离家出走已是最大程度的叛逆。

我几乎能想象到在我摔门而走后,我爸妈互相指责跳脚的样子,也能想象到他们坐立不安,一边打电话一边发动所有亲戚全城搜寻我的样子。

我抿了一口特调酒,呛人的酒味从喉咙里泛上来,猛咳几声后,我又犹豫起来,万一……他们报警了呢?学校会不会知道?星期一回去同学们会怎么看我?

"酒保!"我左顾右盼,学着身边人的样子打了个响指,有些担心自己的声音被淹没在音乐里,"把账结一下!"

酒保还没回头,一道油腻的男声却在我背后突兀响起:"妹妹,刚来就要走?不跳一个吗?"

我打了一个激灵,一个看上去三十五六的男人不知道什么时候凑在了我身后,离得很近,身上呛人的烟味和廉价古龙水混在一起熏得我眼前一黑。

我心中一紧,强自镇定,脑海中零星闪过前几天瞟见的烂俗偶像剧中的场景,便学着女主故作轻松地一笑,侧身从高脚椅上下来,准备直接绕过他:"是啊,临时有点事。"

不料男人身体前倾,忽然拉住了我的胳膊:"别走啊,陪我跳一曲呗。"

小臂上略显湿热黏稠的触感让我瞬间起了一身的鸡皮疙瘩,下意识使劲抽手,往后退了一步:"你……"

慌乱和紧张暴露了我的胆怯,男人不退反进,粗糙的牛仔裤挤住我的腿,高我一头的身躯压下来:"第一次来玩吧?别紧张,我带你跳一支,很快就能学会的……"

人人都沉溺在自己的狂欢中,音乐声淹过了一切,我们这个小角落连一束光都没有,在黑暗里我慌忙向后退,不停后退,直到撞上坚硬的吧台。

从没有人教过我这种时候我该怎么办,该尖叫吗?有人能听见我的声音吗?该还手吗?我有打过他的力气吗?

看着那只伸过来的手,我的瞳孔紧缩,大脑一片空白。

就在这时,一只白皙纤细的手从旁伸了过来,与我十指交扣,似乎只是轻轻一个拉扯,我便落入一个轻盈的怀抱。

"抱歉。"怀抱的主人揽住我的腰,笑意盈盈,"她已经有舞伴了。"

恰是此时,头顶翻飞的灯光停了下来。一束暖光直直射下,我抬起脸,看见空气中灰尘飘浮,晕开璀璨光斑,拉着我的女孩红裙卷发,明艳张扬。

她没有征求谁的意见,就那么理所当然地将我拉进舞池,轻盈地转了一圈。

她的裙摆和我的校服裤撞在一起,简直格格不入,不少人向我们投来疑惑的目光。

我的脸一下子红了,满脑子都是出门之前换件衣服就好了,可是当时也没想到我会走进酒吧啊……乱七八糟的念头转过一圈我才终于想起来自己为什么会在这里跳舞,结巴道:"对不起……不是,我是想说谢谢你。"

对方却并没有看我,无所谓道:"举手之劳,没关系。"

她无意承我的情,我本该见好就收,可鬼使神差的,我坚持向这个只有一面之缘的陌生人发出了邀请:"我请你喝一杯吧?"

她懒洋洋地看向我，眼神里藏着几分戏谑："请我喝一杯？别了。小妹妹，时间不早了，快回家吧。"

我紧张得不敢与她对视，别过眼，声音越来越小，说出口的话却连自己听着都头皮发麻："我成年了，真的，我带着钱的，让我请你喝一杯吧。"

她挑挑眉，没有再拒绝，我想她也许只是懒得争论。

于是我们重新回到吧台前，酒保推来两杯鸡尾酒，杯中是被火灼烧过的颜色。

"您点的火烧云。"酒保一边说，一边拿了两个小纸包递给我们，"这是咱们店的当季新品，两位尝尝，消费就赠一包玫瑰种子，要是哪位客人能种出来，到时候带着花盆来，全店畅饮。"说完他又看向我的左边，"小林玖，你要不要也试试看？"

林玖？

我愣了一下，意识到这个名字属于我身边的女孩，不带脑子地脱口而出："你叫林玖吗？好巧，我也认识一个叫林玖的人，她是……"

我话没说完，却猝不及防与身侧人来了个对视，那双漂亮的眼睛沉下来，眼神中带着警告，一瞬间，我便从那浓墨重彩的妆造里看出了某个熟悉的轮廓。

我张着嘴，一时失言。

酒保莫名其妙地看看我，看看她："这个人是？"

"她是……"我怔怔地望向林玖，"我的一个朋友。"

第六章

02

我撒谎了,林玖从来就不是我的朋友,她甚至可能都不记得我。

但我认识她,从很久之前就认识她,远在我们成为同班同学之前。

第一次见到她是在全校的迎新大会上,林玖穿着板正的白衬衫,扎着高马尾,站在国旗下代表新生发言。

我当然不会记得她都说了些什么内容,因为我根本没有认真在听。

旁边的同学在小声议论:"她好漂亮,而且看起来就是那种大学霸……"

我对优秀的同学没什么特别的感觉,转眼就抛在脑后——直到某天傍晚,我躲在广场上写生时无意间撞见了那场拒绝。

等在那里的男生我认得,是高二的学生会会长,他捧着一束花等在广场旁,几个男同学站在稍远的地方跟他挥手示意。

然后我就看到林玖从对面走过来,不同于迎新大会那日的温和守矩,松垮没型的校服随意披在她身上。男生深吸了一口气,向前跨了一步,然而就在他要开口时,径直走来的林玖却与他擦肩而过。

他一愣,又见林玖脚步一顿,声音飘过来:"谢谢,但是算了。"

远处的几个男生都愣在那里,林玖头也不回地向前走,就好像她真的只是恰好路过,继续走向她要去的地方。

广场上七点的钟声敲响,她的背影渐渐隐没在高楼林立中。

后来,在妈妈撕掉我画纸的时候,在成绩单被扔进垃圾桶的时候,在很多很多次争吵和疲倦的时候,我总会莫名其妙地想起那个黄昏里来去自由的林玖。

真好啊,她就好像……可以不在意任何人。

高二分班时,我们成了同学。

班里按成绩排座位,她永远坐在第一排,不会注意到坐在倒数第三排的我。

坐在教室里时,她好像又变成了那个被老师称赞,沉静温和的林玖,我对她的好奇心被死死地压在成绩的分水岭之下,甚至找不到理由和她搭话。

可是现在——

匆忙道别后,我几乎是浑浑噩噩地被人群挤出了酒吧大门,梦游一样走下长长的楼梯,然后一个踩空,从楼梯上摔了下去。

坏消息是我扭伤了脚踝,脚上打了厚厚的石膏并且需要拄一段时间拐。

好消息是我爸妈在发过火之后还是一点学习进度都不想让我落下,要求班主任把我换到教室门口的座位——

第一排第一列,同桌是林玖。

在林玖身旁坐下十几秒之后,我才意识到自己一直屏着呼吸,生怕打扰到正在做题的她。

这本该是个近水楼台先得月的位置,我可以和她搞好关系,可以满足自己的好奇心，可以尝试模仿一下她的学习方法……可是一星期过去了，我只看出来她当时在酒吧的大波浪很可能是假发。

究其原因，一方面是我不太敢和她说话，仅仅是想象对她开口的场景，我都会为自己的愚蠢和做作感到无地自容，另一方面，林玖也全无要和我说话的意思。

若我的观察不假，她会对每一个前来问错题的人微笑，对每个打招呼的人致以温和的回应，对所有课间来要她试卷的人给予慷慨的帮助……除了我。

她对我连眼神都欠奉。

也许是因为我在酒吧撞见了她的秘密，我有时惴惴不安地想，所以她讨厌我，不愿意和我说话，不愿意和我接触，更不愿意和我做朋友。

按理说我的自尊心不至于低到非要热脸贴别人的冷屁股，可是在一些适合发呆的课堂，我总忍不住想起那个夜晚，想起在混乱的灯光中，救我于水火的林玖——我怎么也不觉得她讨厌我。

在反复的自我怀疑和自我肯定当中，我时常出神。

一沓试卷放到了我面前，任凭发卷子的同学左右摇摆手里哗啦响的纸，我充耳不闻。

林玖转身接过同学手中的卷子，不轻不重扔到我身上："发呆发够了吗？"

我手忙脚乱拢起散开的卷子，像个刚从梦里被惊醒的人，脸上腾一下红起来："对不起！"

正是最后一节课的课间，疲惫与昏昏欲睡在教室里如白炽灯光般蔓延，大部分人都瘫在桌子上，无人注意我们这个角落里的小小事故。

不知道是不是我的错觉，面对我时，林玖好像不再是那个穿着校服的三好学生，不再是老师的宠儿、家长的骄傲了。

她有一双圆润美丽的杏眼，睁大时上眼线弯曲，显得俏皮可爱，然而当浓密的眼睫低垂时，又控制不住地显出几分尖锐。

"如果是因为那天晚上的话。"她压低声音与我说话，嘴唇几乎没动，"别多想，我不是冲你去的，任何人遇到了那种情况我都会去帮忙。"

"我知道。"我说，为了倾听把半个身子侧过去，小心翼翼，"我只是很……感激你。"

林玖蹙了蹙眉："你不把那天晚上的事说出来就是感激我了。"

上课铃在此时响起，林玖断然转回身，重新拿起笔，把桌边垒在最高处的卷子拿下来。

冥冥之中，有个声音好像在我耳边说："这是你最后的机会了，她不会再和你说话了，有什么想说的，快，趁自习还没开始。"

"林，林玖，"在上课铃的掩护下，我再一次冒失而又勇敢地询问，"我们可以做朋友吗？"

回应我的，是林玖毫无表情的侧脸。

玫瑰种子

第六章

03

我妈曾说，我身上最让人生厌的一点就是又倔又自私，完全不考虑家里为我的未来做了多少打算、付出过多少努力，就只顾着自己高兴。

我反驳过，但后来就不说话了，因为我发现也许她说得对。

我真的去种了酒保给的不知是好是坏的玫瑰种子，只因为酒保说过开花的时候可以和林玖再去喝一次酒——尽管林玖并没有跟我承诺过这种事情。

我把种子种在偷偷带到寝室的花盆里，在室友看怪人的眼神里一天三次地检查土壤的湿润程度。

我是如此想要接近她。

在教室里，我执着地每天和她打招呼，邀请她一起吃饭，并且给她看我速写的她的侧脸。林玖有时愿意抬头扫一眼，心情好了还会夸赞两句，有时却只是从鼻腔里轻嗯一声，随后便充耳不闻地继续手头上的事情。

她的游离不定让我心焦又让我期盼，为了她一两句简短的点评而欢欣鼓舞，为了她某日的草草敷衍而抓心挠肝。

于是虽然她仍未答应与我一起吃饭的邀约，但我也还没放弃。

终于，在拆掉脚上的石膏后的第二天，我成功让林玖同意和我一起到走廊上活动身体了。

"我不明白，"林玖被我拉着爬楼梯，一边爬一边叹气，"你怎么能如此执着。"

和她并肩而行让我手心起了一层薄汗，闻言，我只是紧张地傻笑了两声。

林玖也没有刨根问底，又走了一会儿，她忽然转身问我："你觉得我是一个怎样的人？"

这是林玖第一次主动向我发问，我受宠若惊，像参加面试一般字斟句酌："我知道你不只是像大家看到的，那样的你。"

林玖深深地看了我一眼："我并不善良诚实，也不体贴有礼。"

我隐隐感觉这句话似乎有什么言外之意，可那时的我并未敏锐到足以察觉出她没能说出口的究竟是什么。

"但是你让我觉得你很自由。"我说。

林玖古怪地笑了一下："自由……"

大概是不想再将这个话题继续下去，林玖站定，四处打量一番："你这是要把我往哪里带？"不知不觉间，我们从三楼爬到了顶层，再往上走，就只剩教学楼屋顶的天台了。

林玖看了我一眼："楼顶有什么？"

"天气预报说今天有很好的云，"我三步并两步走到她身前，再次哀求，"上来看看吧，就一眼。"

"只看一眼。"林玖说，她亦步亦趋跟在我身后。

楼顶的铁门沉重巨大，我开锁，双手费力地推开铁门，燥热的风裹着漫天的红，向我们倾泻而下。

天气预报没有说错，那真的是一场很好的云，往后的许多年里，我都没再见到过那样恢宏的、铺天盖地的火烧云。

我们仰头望着天空，脚下的屋顶在天穹之下渺小得不值一提，小小的我们在暖风中颤抖，仿佛随时要溶于秋日的夕阳。

许久无人说话。

不知过了多久，我听见林玖低低地感叹了一声："比那杯火烧云漂亮多了。"

那杯我们在酒吧里喝的劣质鸡尾酒。

我笑了起来，林玖还在抬头看天，看不清神色，可我总觉得她是开心的，比被老师表扬时，和在酒吧跳舞时都要开心。

"跟我一起去吃饭吗？"过了一会儿，我问。

林玖没有回答，但她和我一起去了食堂。

04

第二个月的时候，玫瑰发芽了，我激动得整宿睡不着。

"你再在床上闹腾我就把你扔下楼。"室友警告我。

但我真的睡不着，我偷摸拿出藏在枕头套里的老年机，借着那点昏暗的蓝光给林玖发短信："我有个东西想给你看。"

半个小时过去，林玖还是没回我。

我早已习惯她的已读不回，不死心地又发过去一条短信："这个东西不方便拿到教室，明天晚自习结束，我在后花园等你，好不好？"

五分钟后，林玖回了我一个字："好。"

后花园是学生们之间流行的一个叫法，指学生宿舍后面的一片小花园，绿化做得很好，晚间常有不睡觉的夜猫子和教导主任出没。

为了让林玖第一时间看到我的玫瑰芽，我在晚自习结束铃响的那一刻就冲出了教室，回到寝室取了玫瑰跑到后花园。

正是刚下课的时候，学校里难得多了些人来人往的鲜活气，我浑然不顾他人目光，抱着那一小盆玫瑰坐在路灯下，期待林玖能一眼看到我。然而，直到人群逐渐散去，月亮在上，蚊子向着后花园蜂拥而至，林玖都没有来。

其实……我并不是那么肯定她会来，哪怕她答应过我，我也不觉得赴我的约在她那里可以排到第一位。林玖从未承认她是我的朋友，我不该责怪谁。我一直这样安慰自己，但她真的不来，我却越发沮丧。

那点不甘心还在作祟，我挥手赶开在耳边嗡鸣的蚊子，一边在心里跟自己打赌林玖多久会来，一边惦记着寝室是不是要锁门了。想着想着瞌睡潮水般袭来，昏昏沉沉间不知道过了多久，忽然感觉有人摸了摸我的头，我睡眼迷离地抬头，是林玖正低头看我。

"你来了啊，"我的大脑转不灵光，只记得是要让林玖看我的玫瑰，于是伸出胳膊，露出怀里的花盆，"看。"

林玖蹲下来，端详了一下我的花盆，问道："这是什么？"

其实那个芽还没我小拇指盖大，路灯昏暗，别人看不见也是正常的。

我说："是玫瑰。"

林玖摇了摇头："还不是。"

我抱紧了花盆："它是，我每天都浇水，它很快就是了。"

她说："还不是。"

第六章

我低下头看着我的玫瑰芽，有一点委屈，我说："可它发芽了。"

林玖这次没有再反驳我，而是颇为认真地看了好长时间，然后点点头："嗯，确实发芽了。"

我便又莫名高兴起来，我没别的事情要做，只是想给她看一眼玫瑰，既然看完了，我站起身来："我们回寝室吧。"

林玖注视着我，不知道是不是我的错觉，她的眼神中好像多了一丝温柔，但她对我摇了摇头："回不了寝室了，门已经锁了。"

一句话，把我的瞌睡虫吓跑了一半，我瞪大眼睛："什么？几点了？！那怎么办？"

不待林玖捂住我的嘴，我已经意识到自己说话声音太大了。

不远处闪过手电筒晃动的白光和脚步声，我吓出了一身冷汗，惊恐地转向林玖——被抓到这么晚还在外面游荡是要被处分的！

林玖没说话，她近乎雷厉风行地从我怀里抓过玫瑰花盆，一把塞到芍药花丛下，然后带着我向后狂奔。这里是学校的边缘地带，往后走就只有墙和篱笆了，我想说那边是死路，但林玖没有回头，于是我干脆眼一闭心一横，跟着她跑到了满是泥土的花园尽头。

我们这边动静不小，后面的老师们自然穷追不舍。

"怎么办？"我用口型问。

林玖她蹲下身，拨开厚厚的灌木丛，一个狗洞奇迹般出现了。

"这是什么?"我瞠目结舌。

"快钻!"林玖说。

身后追兵的话语声已经清晰可闻,此刻,尊严是次要的东西。我趴下来,四肢并用地钻过了那泥泞而蛛网密布的洞,林玖紧随其后,我伸出手,把她从地上拉起来。

"继续跑!"林玖喊。

我们手拉着手,头也不回地向外狂奔,直到跑上了灯火通明的马路,才逐渐停下来。后面静悄悄的,没有人追上来。我转头看林玖,她一向精致干净的脸颊上蹭了一道灰,发丝凌乱,我低头看自己,黑色的校裤上泥水流淌,鞋子已经惨不忍睹。

几乎是同一时刻,我们笑了出来,我从未见过林玖笑得这样开心,在冷清空旷的街道上,我们哈哈大笑,笑得前仰后合,肆无忌惮。

"你的,你的裤子哈哈哈哈……"林玖用指头拭去眼角笑出来的泪。

我们笑了也许有十分钟,也许更久,直到精疲力竭,我们才互相搀扶着,跌跌撞撞沿着马路往前走,在这一刻,我忽然自作多情地觉得,我们……应该是朋友了吧。

"你怎么没问我为什么迟到了?"她忽然在我的耳边问道。

我含糊道:"你肯定是有别的事情耽误了,我知道你不会忘,也不会故意放我鸽子的。"

林玖微笑了一下:"嗯,班主任找我,最近有一个参加B城冬令营的资格选拔,在冬令营里拿到优秀可以直接保送B大。"

"你肯定可以选上的,"我不假思索,"你可是年级第一啊。"

林玖垂了垂眼，语气漫不经心："我不一定参加选拔，那个冬令营是要自费的，可不便宜呢。"

我从没听林玖提起过她的家庭，也没想过林玖竟会为冬令营的费用困扰，也许，大概……她是觉得自己能考上就没必要参加吧？我来回揣测，但还是没有问出口，不想让她觉得我在窥探她的隐私。

我嘀嘀咕咕："那可是B大，能参加还是得参加呀，万一高考的时候出点什么意外……呸呸呸，你怎么可能出意外。"

林玖摇摇头没接话，我们晃晃悠悠地也走出去了很远，身上热起来，她便拉开一些距离和我并排走。

"清冉你呢？"过了会儿，林玖开口道，"你想上什么样的学校？"

"我呀，我想上美院，嗯，艺考，你知道的。"

林玖挑挑眉："我以为，准备艺考的同学都已经在外面集训了。"

"是啊。"我凑到她身边，"我想参加艺考，但是我妈不让，她没办法接受我走这条路……和别人不一样的道路。"

这是个沉重的话题，我们并肩往道路尽头走，谁都没有再说话，气氛沉默却安然又舒适。

我们走出霓虹街道，穿过漆黑小巷，最终在天边隐隐泛起浅色时，走到了空无一人的海边。

"我听人说，"林玖的侧脸沉浸在黑暗当中，唯有眼睛泛着亮光，"对着大海许愿，海神听见了，便会实现你的愿望……现在正好没人，我想他一定听得很清楚，你要不要试试？"

我哑然失笑，没想到林玖会相信这种童话，可毕竟，闲着也是闲着，周围又没人对我的发疯指指点点。

"好吧，"我深吸一口气，酝酿半晌，对着黑压压的大海喊道，"告诉我妈，别再往我卧室装摄像头了！"

我听见一旁的林玖在低低地笑。

"还有，"我喊，"告诉她，我就是想画画，就是想学艺术，以后哪怕在大街上给人画五块钱一张的头像也不会怪她的！

"我也只活一次……就让我活我自己吧！"

把在心中堵塞已久的话全说出来，仿佛巨石破裂，一股暖流不知从何处灌入，我咳嗽两声，惊觉眼角似有泪珠滚落，好在黑暗当中，无人知晓。

"你呢？"我哑着嗓子问林玖，"你有什么要和海神许的愿望吗？"

林玖似乎想了很久，想到海的尽头浮现微光，然后，她摇摇头。

"没有，我没有要许的愿望。"

05

我们最后还是爬狗洞回去的。

因为通宵在外游荡，我的灵魂都仿佛被抽干了，大半个上午都趴在桌子上勉强撑着脑袋听课，清凉油涂了满脸才没胳膊一软直接睡过去。

可气的是，林玖整个人依旧神采飞扬，甚至在最后一节班

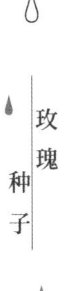

主任的课上，还主动举手回答了问题。

"非常好。"班主任看着她时，眼里慈祥的爱意多得能溢出来，"你说得比标准答案还全面。"

班主任一边说，视线一边自然而然地扫过我，许是我满脸的颓像惊到了她，班主任挑高眉头，脸色一变，拿手里的粉笔磕了磕讲桌："对了，跟大家说个事儿，我们下下周期中考试啊，都精神点，做好准备，别天天站没站相坐没坐相。"

班里一片哗然，我胳膊一软，彻底瘫在了桌子上。

"清冉，李清冉，"林玖用胳膊肘碰我，"期中考试之后就是家长会和长假了。"

"我知道，"我有气无力地从桌面爬起来，不愿面对惨淡的未来，"不如我直接现在去找根绳子上吊怎么样？"

林玖根本不接我的话茬，她认真道："你有没有想过考好一点，然后拿着成绩回家和你妈妈好好沟通一下。"

我几乎下意识便想说这不可能，好言相劝、威逼利诱、撒泼打滚，哪个招数我没有尝试过，对方油盐不进，一切都是我自作多情。然而我并没有反驳林玖的习惯，所以我沉默了。

林玖却笃定地看着我，长而密的眼睫轻轻颤动："如果你愿意的话，我可以帮你。"

我不愿意再和我妈做无用的沟通，但确实很愿意让林玖帮我。

"如果我愿意的话，"我反手拉住她的手，"你可不可以也实现我一个愿望？"

双目相对，我轻声道："去参加选拔吧，好歹试一试……

谁知道后面会发生什么呢?"

"好。"最后,林玖说。

像是签下了一个无声的契约,双方宣誓完自己的权利与义务,两手交握的一瞬间,协议开始生效。

不知道是因为林玖是个太好的老师,还是因为我是个太好的学生,短短两个星期,我竟然提了三十多分。

领到成绩的那天下午,我步行送林玖去小礼堂参加选拔,然后坐上开完家长会的我妈的车,一路在沉默中回了家。

自从那天我发现卧室里藏着摄像头,和她大吵一架并离家出走摔断腿后,我们再也没有好好说过一句话了。这次也一样,我到家便一语不发直奔自己房间,走到门口时,却忽然被身后的人叫住。

"清冉,"我妈叹了口气,指着沙发,"坐下吧,我们聊一聊。"

有什么好聊的,每次都是一样的说辞,一样的劝诫,一样的喋喋不休……虽然这么想,但我还是坐了过去,毕竟答应过林玖的。

出乎意料,我妈开门见山:"刚刚家长会后,你们班主任跟我说以你现在成绩进步的速度,如果保持下去参加艺考的话,可以考上最好的学校,是真的吗?"

"文化课可以,"我硬邦邦地说,"专业课另算。"

沉默在房间中蔓延,过了好久,我妈才又开口:"你就是想去学画画?"

"对。"我点头。

第六章

我妈长长吐出一口气:"好吧。"

好吧?什么好吧?

我惊愕地抬眼望向她,我妈却没看我,她的眼神落在虚空之中:"这几个月……唉,我想了很多……妈妈不是想要害你,你知道吗?"

然而我只是直愣愣地盯着她,惊喜从天而降,降得太急太快,险些要把我砸晕。

"我给你之前的美术老师打了电话,"我妈说,"他说时间很紧,你要还有这个想法的话,下周就得去集训了。"

06

海神显灵了,我妈同意了,下周就要去集训了,我不能再跟林玖做同桌了……无数想法同时在我脑海中炸开,此起彼伏,我激动得想冲出家门绕着大海长跑三圈,又失落得想缩在角落痛哭一宿。

一切似乎都没有改变,一切似乎又都改变了。

命运的航道在此刻变轨,悄然转向另一端。

我双手发抖,下意识想给林玖打电话,又想起她正在考试,我不该打扰她,我的心脏怦怦乱跳,想抱着她哭,又想抱着她笑,无法抒发的激动哽在喉头,催着我在屋里来回踱步。

最终,一个念头超越其他种种想法,盘踞上我的脑海:我要走了,可林玖还留在这里,我还可以送给她一个礼物。

我从床下找出一个大信封,骑着单车又回到了学校。

去 B 城参加冬令营要多少钱呢？一万？两万？我攒了那么多年的压岁钱，放在床下也只是吃灰，还不如花出去。

我找到还没走的班主任："老师，"我头一次这么近距离地和老师聊天，坐在办公桌前手都不知道该往哪儿放，犹豫着拿出厚信封，"不知道能不能拜托您一件事情……"

来的路上我就想明白了，我不可能直接把钱给林玖，她不会收的，想要让她拿这笔钱去 B 城，最好的也是唯一的方法，就是走官方渠道。

"您就说是学校决定给第一名的学生提供的奖学金怎么样？"我期期艾艾地望向老师，知道这事儿不合规，只能指望班主任的惜才之心。

"你们啊……"班主任长叹一口气，指指自己的头发，"看见这白头发没？都是给你们愁出来的。"话是这么说，但她还是从信封中抽出一小叠钞票，放进了办公室带锁的抽屉里。

"这些就够了，"她把信封推还给我，抿了抿嘴，"听你妈妈说马上就准备出去集训了？"

我再也藏不住脸上的笑意："是呀老师，就下周。"

班主任拍拍我的手，顿了一下，好像有很多话想说，但又好像决定把所有话都咽回肚子里，最后，她只是简单地嘱咐："好好学，好好考。"

怎么可能不好好学呢？这可是我梦寐以求的机会。

我快乐得像一个充满气的气球，随时要炸开或是飞到天上去。

我搬去画室的那天，林玖的选拔结果也恰好出来，没有任

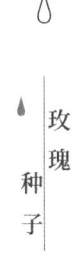

何意外，她就是第一名。

　　我抱着花盆，她拎着箱子，我的玫瑰花已经长得粗壮有力了，根茎低矮但叶片厚大，它将要代替林玖陪我在画室度过一整个冬天，直到来年三月。

　　我已经忘了那一路我们都在说些什么了，只有不希望与她分开的心情刻骨铭心。

　　我们在画室的门外，抱着行李，站了好久好久。

　　"怎么会这么巧，"林玖鼻尖和耳朵冻得通红，脸上却是冰雪消融的笑，"竟然有奖学金。"

　　我抱着她的手，脸埋在她的围巾里："也许是海神听见了你的愿望，不去白不去。"

　　林玖笑了："我明明什么愿望都没说。"

　　"因为那是个会读心的海神呀，"我信誓旦旦，"而且他真的很讲信用，你看，我的愿望也实现了。"

　　林玖垂眸看我："那也许我们应该再去一次海边，向他还愿。"

　　这是林玖第一次主动邀请我出门，我噌地抬起头："你说得！君子一言，驷马难追啊！"

　　"等到夏天，"她说的时候眼睛中似有星星闪烁，"我们去海边。"

　　我记住了这个约定，在打开画室门前，我对远处的林玖喊："别忘了，还有我们的玫瑰，我们还要再去喝一杯！"

　　林玖在光秃秃的白杨树下冲我摇摇手："好好画画！"

　　……

这便是那个冬天我全部的回忆了。

那时候，我以为我和林玖的羁绊不过刚刚开始，谁曾想，原来我们之间的羁绊已经结束了。

07

事情究竟是从什么时候开始变化的？

我曾经无数次回忆我们在一起的那些时光，反复推演以求一个不同的结局，最后思来想去，觉得问题大约还是出在我身上。

是我的错，从一开始我便不该拿出那笔钱，无论本意如何，打开那个信封就像打开一个潘多拉魔盒，释放出了没人预料到的灾祸。

在画室集训的前几周，一切都以繁忙而紧凑的节奏有条不紊地前行，我在每个太阳还没出来的早晨以及月亮都隐入云后的夜晚给林玖发消息。我会告诉林玖一切的鸡毛蒜皮：窗边金红色的太阳，老师家爱吃画纸的猫，宿舍楼下最后的一片落叶，还有永远不够用的白颜料……

林玖时不时地回我的消息，多则三四句话，少则三四个字，最后总要言简意赅地加上一句："废话太多，好好画画。"

话虽这么说，但我知道她喜欢我一箩筐的废话，不然怎么会每句都回？我为此洋洋自得过好一阵。

时间在角落里一张张堆起的速写中均匀又安宁地向前走，太过宁静，像冬天飘落在柏油路上的雪花一样，没发出一点声

第六章

响,却悄无声息地垒起高高的积雪。

收到舍友短信的那天中午,明明是冬日难得晴朗的天气,我却听到一道惊雷劈在耳边。

"你还不知道吧,最近班里都在说林玖拿到的那个奖学金好像有问题。其他参加冬令营的人去教务处问了,学校说根本没有第一名补助这回事,所有去冬令营的都要自费……"

这短信后面说了什么我已经完全看不到了,难以言明的恐慌潮水一般席卷了我,我放下手机,手掌的冷汗在屏幕上留下清晰的水痕。

怎么办?林玖会去问班主任吗?班主任会把我供出来吗?林玖会生气吗?她还会去参加冬令营吗?

我不知道,我甚至不敢猜测。

我想象不出来在大家低声的议论和异样的眼光中,林玖要怎么像平常一样脊背挺拔,要怎么在课堂上自如地和老师一问一答,要怎么对前来问题的同学露出温柔而漫不经心的微笑——她是那么骄傲自由的一个人。

在那一刻,愧疚仿佛寒冰雕成的长矛,从喉咙直直捅到肠胃。

那天我没有给她发消息,我不知道该如何开口,既不敢旁敲侧击打听,又无法扮演出往常开心轻松的模样。

那十几个字被我删删改改,变得越来越僵硬虚伪,像一块被嚼得无味发涩的口香糖,干巴得让人反胃。

而林玖——如同我预计的那般,也没有发来任何询问。

我无从知道林玖心里到底在想什么,自那天之后,阳光与我的好心情一起暗淡下来，画室的学习变得艰难滞涩，北方的冬天也终于发挥出了它应有的威力，寒冷灰暗的天空长久地高悬着，像是炭笔和油彩蹭在棉衣上的痕迹，怎么也洗不掉。

我还是会和林玖发消息，隔三岔五，小心翼翼，林玖也还是会回我的消息，三言两语，时有时无。谁都没有提起过冬令营的事情，这样的默契仿佛一道隐形的裂痕横亘在我们之间，似有若无，又深不见底。

这样的日子持续到了三月底，北城联考。

出发前一天，我给林玖发了消息，告诉她我的车次和时间，问她有没有时间来送我。因为没收到回信，所以我也没有期待在火车站见到她。

然而林玖来了。

那天很不凑巧，火车奇迹般早到了二十分钟，她来的时候，我已经上车了，隔着车窗在人流中看见林玖时，我几乎想都不想就要下车。

在逆着人流往外走的时候，我有好多话想跟她说，我想说我好想你，想说别生气别难过，想说我要告诉你一个秘密，想说我们再牵牵手好不好……可是我没有走出去。

火车鸣了笛，画室的同学和老师七手八脚地拦住我，让我不要出去，列车员站在门口冷眼旁观，手里拉上了一半的门。

"别出来了！"林玖在门外喊，我从没听见她这么大声而用力地说话过。

不同于其他送行的人，林玖站在黄线上，从那道门缝直视

第六章

我的眼睛,像是当初她让我好好考期中考试一样,笃定而斩钉截铁地说:"清冉,你会考得很好的。"

她说得那么肯定,不像是祝福,更像是预言。

我带着她的预言走进考场,也如她的预言般走向结局。

我考得很好,好得甚至超出了我自己的预料,我在统招里过关斩将,在校招里披荆斩棘,拿到了梦想学校的降分录取名额,与那个我幻想过的未来只差高考临门一脚。

等到五月份回学校的时候,我满心以为能带着好消息和林玖重归于好,却只在教室看见了她空荡荡的座位。

"好像是自己回家复习备考了,人家是学霸,在哪儿学都一样。"有人说。

我问遍了全班同学,没有人知道林玖的具体去向,我再打电话给她,也是无人接听。

也许林玖只是想专心备考,我这么告诉自己,可心里的某个角落却有个小人尖声尖气地喊:"也许她只是不想见你!"

那平整干净的空座位明明没有一丝一毫林玖的影子,却无时无刻不提醒我林玖的存在,在最后这个安静至极的六月,一点点在我心上蚀出一个焦躁又愧疚的大洞。

真正的高考,反而成了这段记忆里最平常的两天,风和日丽,蝉鸣响亮,一切似乎与往日没什么不同,又很是不同。

从考场出来的时候,我特意慢了一步,紧紧盯着人流,试图从中寻找林玖的踪迹。

她像是混在石头里的珍珠,一点也不难找到。隔着熙熙攘攘的人群，我在两米以外就看见了林玖高挑的背影，她还是挂着那个我熟悉的笑容，一样地漫不经心，一样地光芒万丈。

可是，她低着头，在对另一个人笑。她身边是谁，隔着攒动的人头，我并不能看清，那人似乎和她关系十分要好，亲热地挽着她的胳膊，两个人有说有笑地走出了大门。

很难说清楚那一刻我是什么样的感觉，好像是惊讶，又好像是疑惑；好像是伤心，又好像是愤怒。我从来没有想过……在我惦念着林玖，为她愧疚落泪，为她焦虑不安的时候，她又是怎么看我的呢？

走出考场后，我并没有回家，只是一个人失魂落魄地在街上游荡。在最初让人头脑发热的愤恨和不解消散后，酸涩顺着舌根泛了上来。

毕竟……那可是林玖啊。

她是如此轻盈，如此夺目，她是盛夏时刮过的一阵风，短暂地路过我……可我终究无法抓住。

我们分开已经有半年了，这半年里发生了那么多事情，而我们却只见了一面，那么，她有新的朋友，也是正常的吧？

我以为自己只是漫无目的地在街上行走，不料拐过重重街巷，猛然间一抬头，却发现竟然无意识地走到了最初的那间酒吧——那晚我负气从家里跑出来时躲进的酒吧，也是我和林玖初遇的酒吧。

夜幕还没降临，酒吧还没开始营业，偌大的舞池空空荡荡，下午的阳光从天窗洒进来，照亮布满灰尘与脚印的地面。

酒保一个人在吧台擦玻璃杯，远远看见我，吹了声口哨："小姐，晚上八点进场哦！"

"我不是来喝酒的。"我看着酒保忽觉面熟，"……你一年前是不是给我发过玫瑰种子？"

酒保手一顿："是呀亲，咱们去年夏天有一个种玫瑰的活动，种出玫瑰就能免费喝一晚。怎么，您真的种出来啦？"

我坐到当年坐过的高脚椅上，想起我的小玫瑰："是啊……种出叶子来了，只是没开花。"

酒保给我鼓掌："那已经很厉害了！这活动到现在都没人来兑奖呢。这样，今晚您就抱着花盆来，有叶子也算，我请您和您朋友一起喝一杯！"

玫瑰倒是还在，只是朋友……

酒保的话在我心里点燃了一簇希望的火苗，看在玫瑰的份上，也许林玖会和我再见一面，也许一切还未行至终局。我发了短信给她，约她晚上在酒吧见面，自己则飞速跑回家中，借口同学聚会，抱着玫瑰重新跑了回来。

"就在那个我们第一次见面的位置。"我编辑短信给林玖，莫名相信她也记得那晚的相遇，"我等你。"

酒保盛赞了我的玫瑰，给我调了两杯酒，然后便被其他客人叫走了。

太阳西沉，夜幕降临，月亮逐渐爬上中天，舞池里摇摆的身影越来越多，音乐声越来越沸腾，而我还是坐在那里，一个人，冷冷清清，格格不入。

一切都好像与一年前一样，我无所适从地在角落里摆弄玫瑰叶子，期待着有谁能把我从这样的困局中拯救出来。然而与一年前不一样的是，这次再没有人从天而降，拉住我的手把我带出黑暗。

"你等的人还没来吗？"凌晨的时候，酒保问。

我看了看手机，屏幕上我发出去的几条消息孤零零地排在那里，没有得到任何回复。

"是啊。"我抬起头看向酒保，"你说我的玫瑰花为什么没开花呢？"

酒保捏捏下巴，认真回答："也许是温度不够，也许是施肥太少，或者有可能是……欸，你，你怎么哭了？"

他抽出几张纸递给我，我盖住眼睛，瓮声瓮气地说道："抱歉，我就是有点难过，玫瑰花一直没开。"

我是一个很倔的人，这一年里，为了让玫瑰开花，我看了很多教程，为了叶片半寸的增长而欣喜，为了几颗零星的虫洞而发愁，我一直以为只要我足够坚持，玫瑰总有开花的一天……可也许，是时候放弃了。

酒保大约也没见过为了一盆玫瑰花痛哭流涕的人，在一旁手足无措，险些要订一束玫瑰来安慰我。

"不用不用，"我擦干眼泪，从吧台边站起来，歉然道，"不好意思……我能把玫瑰留在这里吗？就放在酒吧里。"

酒保点点头："没问题……你不等人了吗？"

"不等了。"

我最后看了一眼我精心培育的玫瑰，它在夜色中沉静低垂，并无挽留。

第六章

我转身离开酒吧。

那盆玫瑰就留在吧台之上,并不为劲爆的音乐而起舞,也不为路过的行人而抬头,黑暗之中,它叶片轻摇,自得其乐,好像从很久之前便属于这里。

直到歌声暂歇,人群远去,清晨的薄光爬上绿叶,花盆忽然被人拿起,一双白皙的手拂过它的叶片,细心又珍惜地扫掉叶片上的尘土,然后带走了它。

08

清冉:

展信佳。

如果你此刻抬头,望向身后三点钟方向的话,就能找到人群当中的我。刚刚结束上半场的工作,趁着休息的间隙,我坐在舞池边上,借着头顶微弱的灯光,写下这封信。

从我坐的角度,正好能看见你和你的玫瑰,它长大了,与我第一次见到时相比,叶子膨胀茂盛了不少,郁郁葱葱的,你一定在很仔细地照顾它。

如果可以的话,我想像当初在那个小花园一般,加快脚步向你走去,拉起你的手,抱起我们的玫瑰,然后和你一起徒步到那片大海。

可是不行,我做不到,仅仅只是隔着这么远的距离看着你,就足以让我矛盾得无以复加:我希望你转身看见我,又祈祷你千万不要看见我，不然……我该对你说什么呢？

说好久不见？说假期快乐？说我一看到你的消息就赶来了？还是说我从头到尾都在这间酒吧打工？

我是个懦夫，清冉，我没有你百分之一的勇敢。

在我们看见火烧云的那天下午，你说我是个自由的人，这真是大错特错。

我伪装出我的自由，伪装出我的随性，伪装出我在你眼中闪闪发光的骄傲，用它们来掩饰我内心空洞的仓皇和懦弱。

原本在第一次见面时就该告诉你的，我不是来这间酒吧寻欢作乐的客人，我是跳热场舞蹈的舞女，一个晚上能挣两百块，刚好够我们全家一星期的花销。

是啊……我没说，我默认了你的误解，让我那点小小的虚荣与自尊生根发芽，结成了今天的苦果，大约也是我自作自受。

我深知自己基因中的劣根性，我是赌徒和酒鬼的女儿，我以温良好学的面具在外博取他人的好感，私下里却在舞池与鼓点中苟且偷生，我从没想过有人会在乎这样的我——直到遇见了你。

你明明第一眼看见的就是最本质最不堪的我，却向我伸出了手。

在很长一段时间里，我简直无法理解你没来由的信任和宽容。你给我看玫瑰的那个夜晚，隔着很远的距离，我遥遥看见你，路灯与月光之下，与玫瑰一起昏昏欲睡。你怎么会真的等了我那么久？你就不担心我是个不守诺言的混账吗？你怎么会那么相信我？你怎么会那么期待我……怎么会有人对我好到这个地

第六章

步。

那个清晨，海神没有听到的心愿，你听到了。

你才是我的海神，对吗？

拿到钱的那天，我满脑子都在想，我决不能辜负你。我要去参加冬令营，我要在冬令营里拿个好名次，我要提前进入录取名单，我要在高考后再打一份工把这趟旅途的费用赚回来，我要在我们下次去看海的时候把钱还给你，我要给你一个紧紧的拥抱然后说谢谢你……我对未来有无数的幻想和期待，但它们都破裂了。

那笔钱……清冉，对不起，那笔钱没有了。

我爸在牌桌上输红了眼，不知从谁那里听说了我要去冬令营，趁我不在家的时候偷偷把钱拿上了赌桌。是我的错，我本来没想把钱留在家里的，只是那几分钟的事情，我不知道怎么会那么倒霉。

那天之后他跪下来给我道歉，扇自己耳光，骂自己不是人，磕头磕得头破血流，而我上小学的妹妹在一边哭得撕心裂肺。

我能怎么办，我该怎么办，我砸碎了屋里所有的东西，最终也无能为力。

我痛恨他，痛恨所有人，尤其痛恨我自己。

我是如此怯懦，如此狼狈，发生了这样的事，我的第一反应却是，我无法面对你。

我撒过的谎，披过的伪装，没说出口的话，终究都成了自缚的茧丝。

多可笑，现实已卑劣至此，我却还想保持自己在你心中的形象。

  你会恨我吗,清冉?对不起,真的对不起。

  我最终也没有勇气回复你的消息,对你说我来了。

  我看见你在抹眼泪,为什么哭了呢,清冉?

  别哭了,这不是你的错。

林玖

End

THE REGRET
OF
SPRING

CHAPTER 07

『我是河上的泥菩萨,你是水上落花,我救不了你,你留不下我。』

一文不名

the Regret of Spring

文 · 朱奕璇 *Yi Wen Bu Ming*

温驯忧郁大小姐 × 桀骜叛逆野孩子

一文不名

YI WEN BU MING

文·朱奕璇

THE REGRET OF SPRING

01

办公室里,一个眉眼刻薄、短发支棱得颇有几分桀骜不驯的女孩儿,正懒洋洋地站在班主任面前挨训。

这是年级知名的"野孩子"薛时雨,这是她本月第十三次被班主任找来面谈,而这个月才过了短短一周。

薛时雨低着头,满脸懒洋洋的无所谓,时不时发个呆。

"你这样怎么考得上好大学?考不上好大学怎么找得到好工作?找不到好工作怎么拥有一个好的未来?"班主任这一串连珠炮下来,骂得口干舌燥,于是停下来喝了口水。

心里畅快万分,觉得哪怕是榆木脑袋听到这些也该满脸悔恨地开窍了。

但面前的榆木脑袋只是打了个哈欠:"老师终于说完了?"

班主任登时怒发冲冠,又多骂了半小时。

等薛时雨终于能从老师办公室离开时,天都黑了。

办公室外站着一个背着双肩包的女孩儿,面容秀气白净,宽松普通的校服穿在她身上,被那气质一衬托,竟莫名显出几分雅致。

那是学习委员宋遇青,高一年级里的风云人物。

她的父亲是企业家,母亲是音乐家,上半年刚从市里的名校转学过来,在这所普通高中里稳居年级前三,同时还自小学习钢琴,在父亲的支持下,开过几次个人独奏音乐会。

对于薛时雨而言,用来描述宋遇青的每个句子,都像是来自另一个世界。

而此时此刻,这位来自另一个世界的大小姐正站在她面前,说:"你好,薛时雨,我是你的学习搭档。"

薛时雨警惕地后退一步:"什么意思?"

班主任站在办公室门口,用一种"不愧是我家水灵大白菜"的赞赏眼神看着宋遇青,慈祥又严肃地说:"从今天起,这个野孩子就交给你负责了,遇青。"

02

学习搭档,一种被班主任发明出来的,令薛时雨深恶痛绝的制度,内容很简单,班里每两个人分成一组,互相监督,一起完成学习任务。

规定是互相监督，但实际上是宋遇青单方面监督薛时雨。

　　"强迫"薛时雨一小时完成三十页《五年高考三年模拟》只是基本日常，偶尔还会跟逃课、逃学的薛时雨来一场校内跑酷追逐战。

　　薛时雨自认是个上能翻墙揭瓦、下能对班主任白眼以对的"金牌"野孩子，但面对宋遇青时，也不得不承认对方简直是个超人。

　　她不仅头脑聪明成绩极好，考个年级前三轻轻松松，而且据说在父母要求下每天晨跑三公里，抓逃学的薛时雨回来做题简直是小菜一碟。

　　最关键的是，面对薛时雨那错误率高达 80% 的卷子，还有每个老师都忍不住面露难色的笨蛋脑回路，宋遇青居然能耐下性子、满脸淡然、毫不烦躁，一点点给她分析题目思路，讲解其中的知识点。

　　她不是超人是什么！

　　宋遇青是个令人难以置信的乖学生，全方位无死角地优秀和听话，做题、背书、预习、课外任务，样样都完成得一丝不苟，而且没有半点不耐和烦躁，全程都顶着一张温和、平静又驯顺的脸。

　　午休期间，薛时雨咬着笔头，偷偷地拿眼觑她，无端觉得，那张驯顺的脸像极了一只在水箱里一动不动的、将死的鱼。

　　一时越看越烦躁，再也做不下题，她以上厕所为借口逃出教室，又一路溜达到了校门口，开始了她的第八次翻墙逃学之旅，而这次宋遇青居然没有跟来。

薛时雨好心情地一路溜到一条偏僻的小巷子里,巷子两边建着老破的平房,巷子尽头的平房格外破败,门上刷着刺眼的红色油漆,是"还钱"两个字。

附近人人皆知,薛时雨是个一文不名的穷孩子,而这就是她的家。

03

薛时雨取出钥匙开了门,妈妈正在院子里做针线活,这是他们家赖以谋生的法子。

薛妈妈只有四十多岁,但瞧起来却像个六十岁的老人,她抬眼看向薛时雨,脸上浮现出鲜明的怒意:"你又逃课?"

薛妈妈拿起手中做了一半的垫子劈头盖脸地扔向她,薛时雨没有躲,软软的垫子打在身上没有力度,她满脸冷硬地顶嘴道:"上学又不能还钱。"

"以后你找到好工作就能了。"

"那还要等六七年。"薛时雨冷冷地说,"家里现在就需要钱。"

薛妈妈满脸疲态,骂道:"你是不是想气死我?"

"随你怎么说。"薛时雨道,"我去做活了。"

她转身进了自己的房间,房间里乱七八糟地堆满了半成品的针织垫子。

薛时雨点起灯,仔细地穿针引线,等连着做完了十五个后,薛时雨才走出门去。

第七章

门外已月上中天，妈妈的面前点了一盏灯，抵着门柱，不知何时累得睡着了。

薛时雨将妈妈手里拿着的针线轻柔地取下，放在一旁，又从屋里取了一张毯子盖在她身上。

肚子适时地发出一声咕噜，饥肠辘辘的薛时雨摸了摸肚子，决定外出觅食，才推门而出，就发现墙根底下站着一个人——宋遇青平静如水地看着她。

薛时雨全身的反骨都在看到对方的那一刻竖起了，冷冷地问："你跟踪我？"

宋遇青还没说话，薛时雨就自顾自地冷笑了起来："好了，你现在知道我逃课逃学的真相了，满意了吗？

"我一文不名，家里欠了很多钱，上学没用，还不起钱，所以以后能不能放过我，别逼我做题了。"

月色下，薛时雨就像一只炸毛的小兽那样瞪着宋遇青。

宋遇青从书包中取出一袋面包递了过去，平静地道："我没跟踪你，也不是为了知道什么真相才来这儿的。今天课业繁重，我刚刚才完成，之后跟班主任问了你的家庭地址，怕你没吃饭，来给你送袋面包。"

薛时雨愣了一秒，拒绝道："我不饿。"可她的肚子适时地响了起来。

宋遇青体贴地没说话，只是把面包递得更近了一些。

夜色遮掩下，薛时雨耳根都红透了，恶狠狠夺过面包："你为什么来给我送饭，你是老妈子吗？"

宋遇青平淡地道："班主任说，你交给我负责了，那我就得照顾你。"

薛时雨讥讽道:"别人叫你做什么,你就去做什么吗?"

宋遇青满脸理所当然地点点头。

薛时雨皱起眉,问:"就算别人叫你跳楼你也去吗?"

宋遇青淡淡地笑了笑。

薛时雨看着月色下的宋遇青,对方的神情一如既往地平淡安静,如一潭死水。

"你有什么毛病?"薛时雨被此人的脑回路惊呆了,发自灵魂地真诚发问。

宋遇青皱起眉头:"你怎么知道我有病?"

两个人面面相觑,都在心里升起了个问号。

"什么病?"薛时雨问。

"精神病。"宋遇青淡淡道,"我就是因为精神病,才从原来的学校退学,转来这里的。"

薛时雨一怔,想问,又怕太冒犯了,吞吞吐吐地站在原地。

宋遇青平淡地说:"我照顾你的义务已经尽到了,我走了,面包记得吃。"

薛时雨不知道说什么,就点了点头。

04

和一个字面意义上的精神病人相处,薛时雨表示压力很大。

第二天上学时,宋遇青盯得更紧了,不让薛时雨离开她的

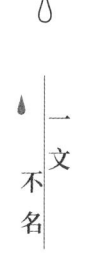

第七章

视线半步,一点儿逃学的机会都不留给她。

放学后,宋遇青也亦步亦趋地跟着薛时雨,惹得少女忍不住爹毛:"大小姐难道要跟着我回家做针线活吗?"

宋遇青道:"老师说让我辅导你学习。"

薛时雨瞪她:"学习赚不到钱,我现在就需要钱,昨晚就告诉你了,你听不懂?"

宋遇青重复道:"老师说让我辅导你学习。"

薛时雨挫败地叹了口气:"行吧,只限今晚。"

于是,这哪怕穿着校服都遮掩不住通身贵气的大小姐,就跟着薛时雨回了家。

看是两人回家,薛妈妈有点儿惊讶,十分热情,因为这还是薛时雨第一次带同学回家做客。

当她听说宋遇青是为了监督薛时雨学习才跟过来的,那热情就更加高涨了,眼神亲切,相见恨晚,恨不得把宋遇青当亲生闺女来看待。

薛妈妈和宋遇青联手,将薛时雨押在书桌前,逼她苦着脸做了一晚的"五三"。

"中国人为什么要学英语啊?"薛时雨不满。

"你先把语文考到一百分以上,再来自称中国人吧。"宋遇青毫不退让。

终于做完了三十页习题,做到最后,薛时雨闭上眼都是英文字母、数学公式、语文病句围着她乱飞,累得直接躺倒在床上。

看着薛时雨蔫了吧唧的样子,宋遇青心里难得起了点同情,干巴巴地安慰道:"好好学习后,你就可以实现自己的梦想,比如还钱。"

薛时雨嗤地笑了一声,从床上翻身坐起,道:"我的梦想才不是还钱。"

"那你的梦想是什么?"

"我的爸爸曾经是个船员,后来得了重病,家里为了给他治病贷了款,但病没治好,钱也还不上了。"薛时雨道,"住院时,爸爸曾经给我讲过他在海上见过的事,像渔船一样大的巨型乌贼、海底幽灵似的水母、奇形怪状的鱼……我每次都听得很开心,从那个时候起,我就很向往大海。"

她想起当年显出病容的爸爸,提到大海时脸上那种光亮的神采。

明明是将死之人了,语气却那样热烈又兴奋,仿佛下一刻就能精力满满地从病床上满血复活,撑着小船再次奔赴自己向往的大海。

——时雨你知道吗?地球上71%都是海洋,陆地只占29%。而人类只探索了不到10%的大海,海面上和海底下有很多人类不知道的秘密在沉眠。

自从懂事之后,她就再也没跟任何人谈起自己的梦想,那个听起来像个白日梦似的梦想,在别人眼里只会成为嘲笑的对象。

但不知为何,看着眼前满脸平静的宋遇青,她突然就有了勇气。

"我将来要出海。"薛时雨鼓起全部勇气说，眼里有神往的光在闪闪发亮。

"我会有一条蓝色的船，既能在水面上行驶，也能下潜到海洋深处。我会驾驶着这艘船去探索这个世界的未知，去看海底火山，看粉珊瑚花园。我会抓到各式各样的奇异的鱼，有些我会养起来，有些我会吃掉，有些我会放生，看它们自由自在地游。"

宋遇青没有笑，也没有像其他人那样嘲笑薛时雨是看多了动漫所以白日做梦，更没嘲讽她没钱没家世根本不可能拥有这样的人生。

她只是看着她，看着这个说着自己向往的事情、有一点羞涩、有很多神往的女孩子，感叹道："真是个好自由的梦想。"

"你的梦想呢？"薛时雨问。

宋遇青低下头，看着自己空无一物的双手，沉默了很久。

就在薛时雨以为她不会开口时，她说话了："我的父母希望我成为一个优秀的、有社会地位的人。这就是我的梦想。"

05

周三、周四，宋遇青都没来上课。

周五，她终于出现在了学校。

上课时，宋遇青似乎始终在走神，这放在平时是难以想象的。

薛时雨在暗中偷偷看她,发现宋遇青眼圈通红,明显是痛哭过,但脸上却是麻木、安静的表情,连半分悲痛也没有。

课上到一半,宋遇青突然举起手来:"抱歉老师,我想去一趟厕所。"

老师道:"没事,快去快回。"

得了老师的许可,宋遇青捂着嘴就从后门冲了出去,薛时雨也跟着从后门跑了出去。

老师气急败坏地喊道:"薛时雨,你居然当着我的面逃课?!"

"我也去趟厕所!"薛时雨头也不回地喊,"谢谢老师。"

教室里一片哄笑。

薛时雨刚跑到厕所附近,就听见一阵呕吐声,她一怔,慢慢探头去看,才发现是宋遇青。

宋遇青似乎没吃什么东西,吐了半天,也只吐出水来。但她呕得太严重,泪水簌簌地往下落,可那张脸上的神情依然是麻木而冷淡的。

少女弯着腰,一边呕吐,一边面无表情地哭着。

"你怎么了?"薛时雨紧张道,"我送你去医务室吧。"

"……没事。"宋遇青勉强地说,"只是犯病了,吐完再吃点药就会好了。"

"精神病?"薛时雨想了起来。

"嗯。"宋遇青低声道,"我有重度抑郁症,已经出现生理症状了,只要看书、做题、学习就会呕吐。之前以为治好了,

第七章

没想到前不久又犯了。"

这大概就是她前几天都没来上学的原因。

呕吐反应停了,宋遇青从口袋里取出纸巾擦了擦脸,随后转身就往外走。

"你要去哪儿?"薛时雨问。

"当然是去上课。"

薛时雨只觉得匪夷所思:"你都这样了,还去上课?"

"你不明白。"宋遇青神情麻木地重复道,"我得去上课。"

"是啊,我不明白。"薛时雨嘲讽道,"我是个正常人,怎么可能明白一个受虐狂是怎么想的?怎么会喜欢这种看书就吐,吐了再看书,看书再吐的生活。"

宋遇青默不作声,但手指却攥紧了。

"哦,也是。"薛时雨语气嘲讽,继续激她,"你可是个什么都无所谓的人,当个受虐狂又算什么?"

"你懂什么。"宋遇青轻声说。

"你说什么?"薛时雨问。

"你懂什么?!"宋遇青终于失控了,歇斯底里地大叫。

温良顺从乖乖女的形象彻底崩坏了,她猛地抓住薛时雨的衣领,想把这个野孩子往墙上撞,但双手使不上力气,抵在衣领上微微发抖。

"你什么都不知道,凭什么批判我?!"

被她抓着的薛时雨却慢慢笑了起来,那些尖锐的锋芒突然消失了,取而代之的是温和与同情:"终于吼出来了,好歹有点生气了,之前一直那副死水无波的样子,还以为你是具行尸走肉呢。"

宋遇青呆呆地看着她，像是没想明白怎么回事。

"我是什么都不懂，什么都不知道。"薛时雨道，"可如果你不去说，不去争，始终一脸麻木的话，谁都不会改变的。"

"说了就能改变吗？"宋遇青冷笑反问。

正因为认定了父母不会改变，所以她才变得麻木、驯顺。

"至少，我会改变。"薛时雨问，"说些话就能赚一个我这样的朋友，不值得吗？"

宋遇青沉默了，她紧紧拽着薛时雨的手不自觉地松开，神情微微一动，哑着嗓子道："你是故意激我，想借此开导我？"

"一半一半吧。"薛时雨挑起嘴角，露出个恶劣的笑容，"还有就是想看你这个乖乖女失控的样子，还不错嘛。"

宋遇青瞪了她一眼。

"你还是活泼起来更好看。"薛时雨评价。

宋遇青瞪她瞪得更凶了。

"那说吧，到底怎么回事？"薛时雨笑眯眯地捏了捏她的脸，"我家欠钱的事你也知道了，跟我交换些秘密也没关系吧？"

宋遇青挫败地叹气，一副真是输给你的表情，坦白了。

06

宋遇青不是她父母亲生的。

宋父宋母生育能力有问题，备孕多年都没能拥有一个自

第七章

己的孩子，最终不得不妥协，千挑万选地收养了一个小孩儿，而这个被"幸运"选中的人就是宋遇青。

她很小就被收养了，已不再记得被收养前的事情，只记得自己一直是笼中的提线木偶。

作为一个宋家的孩子，作为一个爸爸是企业家、妈妈是音乐家的孩子，从一开始，宋遇青就必须是个完美的后代。

成绩要出类拔萃，升学要考入重点高中，还要能在艺术上有所成就，精通钢琴只是基础，更要能举办个人音乐独奏会，这样才有申请国外名校的资本。

只有方方面面都做到极致，才配做宋家的孩子——爸爸这样说。

那如果不配呢，会被扔掉吗？

父母没说，也许他们不会这么做，但宋遇青恐惧这种可能性。

因为她不是亲生的，只是一件被千挑万选出的商品，而商品是可以被替换的，就像是在百货商场里摆着的精致物品，如果对一件不满意，就可以换成另一件。

对父母而言，没了她，还可以再挑选领养一个新的、更优秀的孩子；可对宋遇青而言，如果离开了这个家，她就没有别的地方可去了。

于是她拼命学习，努力完成每一样父母师长交予的任务，努力做到尽善尽美。

于是那个"我"渐渐消失了，取而代之的是"宋遇青"，一个为了父母而活，为了拥有一个归处而努力让所有人满意的人。

人格被压抑在精神深处,十五岁时,她被确诊为重度抑郁,犯病时,没办法做题,没办法背书,甚至只要接触书本就会呕吐。

妈妈不以为然:"心情不好就算是病吗?"

爸爸以此为耻:"只有软弱的、意志不坚定的孩子才会得这种病。"

——自己不该得病,不该软弱,不该这么糟糕,都是我的错。

越是这样想,病情就越发严重,宋遇青的成绩因此一落千丈,而父母则愈发强硬地逼着她去背书。

宋遇青再也无从忍受,终于,在一个夜晚,她从厨房拿了把刀,架在了脖子上。

"如果还要逼我的话,我就死在这里。"

以性命相威胁,父母退却了,他们给宋遇青办理了退学手续,带她去看病、吃药、调养,治疗了一年后,她的精神状态有所好转,至少不再看书就吐。

于是,父母让她转学到了一家普通高中继续上学——也就是薛时雨所在的学校。

07

"前几天我又发病了,在家吃了些药,养了养,有所好转

第七章

后就被送来上学了。"宋遇青道,"但是没好全,所以依然会吐,只是吐得没那么凶。"

"那你现在还想上学吗?"薛时雨问,"真心话。"

宋遇青缓缓摇头:"我不想了。"她抬起胳膊遮住眼睛,声音微微发抖,"我真的受不了了。"

"那我带你逃吧。"薛时雨脱口而出。

"……什么?"宋遇青怔住,困惑地看着她。

薛时雨抓起她的手,重复道:"我们不上课了,我带你逃学。"

"去哪儿?"

"去一个你愿意待着的地方,一个你不会被逼着念书的地方。"薛时雨凝视着她,问道,"你愿意跟我逃走吗?"

学校里安有监控,而且任课老师对班里的学生都很熟悉,过不了多久,她们的逃学就会被发现,两个十来岁的少女又能逃多久呢?

而如果被父母逮到,他们肯定又会大发雷霆,事情会变得更糟。

宋遇青想这么说,想拒绝这个不理智的念头,但鬼使神差地,她却点了点头。

"我愿意。"她说。

薛时雨翘起嘴角:"那从现在起,我们就是共犯了。"

作为一名常年逃学、和各路老师斗智斗勇的野孩子,薛时雨充分发挥了自己的"才能",带着宋遇青绕过了所有保安和老师，翻墙逃离了学校。

两个十六岁的少女手牵着手在大街小巷逃亡：早晨，她们绕过街角去便利店买来垃圾食品，在路边共同分享一包辣条；午后，她们在游乐场散步，在博物馆看展；晚上，在公园的长椅上她们倚着彼此的肩膀陷入沉睡。

第二天的早晨，她们醒了，身前围了一圈人，有老师，有警察，还有宋遇青的父母，甚至还有薛妈妈。

宋家父母警惕又嫌弃地看着薛时雨，像是在看一个大麻烦，而薛妈妈则低着头，不住地鞠躬，替女儿道歉。

美梦乍醒。

08

薛时雨冷冷地问："各位叔叔阿姨找我有什么事？"

"你诱拐我女儿逃学，还问我有什么事？"宋妈妈简直被气笑了，"我们找了一天才找到你们。"

"一口一个'我女儿'，但谁会把自己的女儿逼成重度抑郁症？"薛时雨微微冷笑，反唇相讥。

宋爸爸沉声道："你又懂什么？你知道维持一个家有多不容易吗？我们在遇青身上砸了多少钱，在培养她上花了多少心思，只为了让她有一个光明的未来，你有什么资格批评我们？"

宋遇青冷冷道："如果做你们的女儿就要得病，我宁愿跟你们脱离关系。"

第七章

宋妈妈瞠目结舌，气得几乎头晕目眩："你离开这个家，能去哪儿？"

"我跟着时雨走。"宋遇青不假思索道，"她在的地方，就是我的家。"

宋家父母几乎是立刻转头看向了薛妈妈。

薛妈妈严厉呵斥道："时雨，不要轻易许下自己无法兑现的承诺。"

"这不是无法实现的承诺。"薛时雨顶嘴道，"她可以跟我睡一个屋，每天的伙食费，我出去打工替她赚。"

宋遇青急切道："我也可以去兼职赚钱。"

宋妈妈冷冷地笑了，刚要嘲讽她们的天真，宋爸爸却阻止了她，他道："既然你们已经想好了，那就去试试看吧，看看能不能这样活下去，看看你受不受得了这样的生活。"

09

住在薛家的第一晚，家里就停了水。

这附近街区的供水供电管道有问题，不稳定，时常出现类似的问题。

所以附近的人们早就习惯了用桶囤些水备用。

这还是宋遇青第一次在没有淋浴的情况下，用水瓢舀着往身上浇水。

卫生间也很简陋，没有干湿分离，飘着一股若有似无的气味，破旧苍白的瓷砖有开裂的缝隙。

晚上，薛时雨将床让给了宋遇青，自己则打了地铺。宋遇青蜷在那张窄小的单人床上，被褥里有薛时雨淡淡的气息，像一阵海上微雨将她包裹。

梦里，她见到了一艘蓝色的船，船长是薛时雨，自己是她的水手。

她们自由地行驶在无边无际的大海上，兴奋地检阅所有新奇的战利品。

和薛时雨在一起，宋遇青的心因性抑郁症虽然有所好转，但仍未痊愈，看书做题时仍会眩晕。

于是，第二天薛时雨去上学，宋遇青则留在了薛家。

薛时雨每天的伙食费只有十块，她买了一袋面包片，到中午饭点时，她从学校赶回家，和宋遇青一起分享同一袋面包。

两人坐在院子里，宋遇青的指头上有渗血的伤口，她试图把手往身后藏，但还是被薛时雨发现了。

"这怎么回事？"

"我不能在这儿吃白食，想跟着薛阿姨做点针线活赚钱，但笨手笨脚，把手扎破了。"宋遇青连忙笑了笑，"没事，慢慢我就熟练了。"

薛时雨记得，年级传闻宋遇青自小学习钢琴，还开过几次个人独奏音乐会。一个弹钢琴的人，手是不能受伤的。

薛时雨严肃地拉过她的手："以后这些活儿我做就够了。"

但不够。

第七章

月底的周末,催债的人来了。

薛时雨和薛妈妈一个月来绣出的东西总共卖了八千多,但扣除一家人的日常开销,远远不够还每月一万的欠款和利息。

等她们将余钱都交出去后,两个汉子将家里翻了个底朝天,值些钱的东西都被拿走了。

但其实本就没有什么多值钱的东西,他们每个月都要来搜刮一趟,早就不剩什么值钱的了。

两人翻箱倒柜时,薛时雨就将宋遇青挡在自己身后,而薛妈妈则将薛时雨护在后面。

宋遇青没见过这样的场面,躲在薛时雨身后微微发抖。

两个汉子实在没翻到多少值钱的东西,耐心渐渐耗光,于是将家里能砸的东西都砸了个遍。

一个汉子走到薛妈妈面前威胁道:"要是让我们知道,你们把值钱的东西藏起来了,那下一个被砸的就是你女儿。"

说完,他伸出拳头在薛时雨和宋遇青的面前挥了挥。

随后,两个人才扬长而去。

薛妈妈松了口气,扑上去确认薛时雨和宋遇青有没有受伤,见两人都完好无损后,露出个带着歉意的笑来:"对不起啊,遇青,让你受惊了。"

宋遇青低声问:"一直都是这样吗?"

薛时雨弯腰拾起院子里那些破碎的物件,平淡道:"嗯,从八岁开始,每个月都会来一次。"

10

薛时雨的记忆和债务是绑在一起的。

八岁时，爸爸就病倒了，不再是个顶天立地的渔夫，而变成了缩在病床上的一小团，像个干瘪的核桃，或者说是漏了气的气球，飞快地衰老下去。

妈妈每日背着薛时雨以泪洗面，面对她时却依旧满脸笑容。但她不知道，薛时雨早就懂了，穷人家的孩子早当家。

妈妈变卖了家里一切值钱的东西，但依旧付不起每日ICU的费用，不得已借了高利贷。催债的人来时，妈妈总想方设法地将薛时雨支开，但还是会被她撞见。

曾经那些人催债的手段极狠，逼得她们狼狈不堪，后来出了政策法规，才收敛许多。

但债主又雇佣讨债公司，来讨债的也是些可怜人，他们用尽各种手段也要拿到钱，因为这是他们的工作，挣到的钱要寄回家里养活妻儿。

那时，薛时雨看到催债人翻箱倒柜，拿走了家里所有还值点钱的东西，又拽着妈妈的衣领逼她承诺还钱。她冲出去，挡在妈妈身前，但被一把推开。

"什么都不管用，"催债人说，"只有钱管用。"

道德、人情、怜悯、成绩、学习……都是虚的。

只有每个月要还的钱，才能挡住催债人的恐吓。

如果一文不名，那就毫无价值。

从那时起，薛时雨开始逃学、逃课，逃回家里陪妈妈做针线活和手工拿去卖。

第七章

最初,她的指头上被扎得满是血点,但渐渐地生出些茧子,熟练了也习惯了。

薛时雨唯一的心理寄托就是病床上的爸爸,爸爸经常昏睡,偶尔醒来时,会给薛时雨讲些有关大海和冒险的故事,每次她都听得津津有味。

她向往大海,那里不分贵贱,那里自由自在。

但当她向朋友说起这个梦想时,却总有人嘲笑她,讽刺她家里那么穷,连条普通的船都买不起,还白日做梦要去探险。

只有爸爸认可她,会用温暖的手摩挲薛时雨的头,温柔地说:"真是个好自由、好了不起的梦想啊。"

如果这样的痛苦,最终能换来爸爸的生命,也是值得的。

她当时这么想。

但天不遂人愿,爸爸还是去世了。

他在得知高利贷的真相后,自己摘掉了氧气面罩,拔掉了输液管,自尽了。

遭到催债后的第二天,宋遇青从薛家消失了。

早晨时,薛时雨还跟她分食了同一片面包,但中午午休放学后,宋遇青就不见了。

薛时雨想冲出去找她,却被薛妈妈拦下。

"说不定是她忍受不了这样的生活,回家去了。"薛妈妈道。

"也有可能是她父母强行把她带回家了啊。"薛时雨道，"也可能是她失踪了，被拐卖了，出事了。"

薛妈妈重重地将手里的针线活放下，沉声道："那你有没有想过，如果你再次把她带回家，她要面临什么？她本来可以衣食无忧，虽然和父母有些冲突，但等她熬到大学毕业，找到一份体面工作，就能独立，就可以脱离父母，过上好的生活。

"但如果你把她留下，她可能连大学都读不了，也找不到好工作，还要跟我们一起因为催债而担惊受怕。我们可请不起医生给她治疗抑郁症，她再也弹不了自己喜欢的钢琴，你知道一架钢琴要多少钱吗？你知道开一场个人独奏音乐会要多少钱吗？"

"钱，钱，钱。"薛时雨大吼道，"你怎么满脑子都是钱！"

薛妈妈双手颤抖着，眼里掉下泪来，哽咽道："我当然满脑子都是钱！如果有钱，我唯一的宝贝女儿就不会逃学，我深爱的丈夫也能活下来，我们不用住在这样的房子里，每个月都要被人上门讨债！"

薛时雨僵在原地，像是一尊石像。

"我私下里联系了遇青的父母。"薛妈妈撩起衣襟擦了擦眼泪，"他们说已经知道错了，以后会用更宽松的态度对待自己的女儿。虽然遇青是收养的，但养了这么多年怎么会没有感情，早已把她当亲女儿看待了。"

"时雨，遇青不是你能拯救的对象，我们连自己都救不了。她早晚会遇到更好的人，或者自己就能拯救自己。"薛妈妈

第七章

恳求道，"放过她，也放过自己，让她回家吧。"

薛时雨不愿再听，冲出门去。

小巷口慢慢走来一个人影，居然是宋遇青。

她脸色苍白如纸，还不断轻微干呕着，想来是吐过了。她背着双肩包，包里装着课本和习题集，手里拿着三张崭新的百元大钞。

宋遇青骄傲地挥舞着手里的钱向她跑来，脸上还带着微笑："时雨，我去找了我的表妹，给她做家教，辅导了一个小时赚了三百块！"

她有抑郁症，每次做题和看书时都会呕吐，但宁可呕吐，也要去赚钱，为了她曾经并不在乎的三百块钱。

薛时雨感觉自己的手指都在发抖，麻痹感从指尖一路传到心口——妈妈是对的。

"你回家吧。"薛时雨听见自己冷冷地说，"对不起，我们养不起你。"

12

宋遇青回家了。

她的父母实现了他们给出的承诺，不再带她去精神病院，甚至不再逼她做题。

但她依旧每天待在自己的房间，不肯出门。

宋妈妈等了又等，等了又等，实在等得不耐烦了，忍不住敲了敲女儿的门："你怎么了？能不能跟妈妈说说。"

"是你们做的吧,逼时雨说出那种话,好让我回家。"宋遇青隔着门板冷冷地回应,"既然如此,我还有什么好说的?"

宋爸爸淡淡道:"我们可什么都没做,是她自己做出的决定。你喜欢人家,想跟她做朋友,但人家可未必喜欢你。"

"怎么可能?"宋遇青激烈地反驳。

"既然你这么相信她,不妨跟我打个赌。"宋爸爸道,"你赢了,我和妈妈就不再插手你的人生,放你自由。但如果我赢了,你就得听我的去国外上学,那边的环境更轻松一些,对你的病情也有好处。"

宋遇青沉默。

去国外,就意味着再也见不到薛时雨,但那句关于自由的承诺又是如此诱人。

宋爸爸耐心地等着。

最终,宋遇青推开了房门,不情愿地看向自己的父母,问道:"什么赌?"

半个月后,宋遇青休养得差不多了,症状也减轻了不少,于是,她又回到了学校。

薛时雨还是重复着上课打瞌睡、下课逃学的日常生活。

班主任没再提学习搭档的事,她们没了强制性的交集,竟渐行渐远。

薛时雨坐在第一排,宋遇青坐在第三排。

上课时,宋遇青总会忍不住盯着薛时雨的背影发呆,但薛时雨从不回头,无论是上课还是放学。下课铃一响,她就毫不迟疑、毫不回头地往门口冲去。

　　宋遇青有时会去追她,但薛时雨总能躲过她。等宋遇青赶到校门口时,薛时雨往往已经不见了。

　　周五时,宋遇青终于在薛家门口逮到了薛时雨,两个人四目相对,一时无言,竟好似陌生人似的。

　　"下周六,下午三点,我要举办一场离别音乐会,个人独奏。"宋遇青低着头,踢着路上的石子,"就在市中心的自由音乐厅,恒星路5号,地图导航就能到。"

　　她的语气像是不经意提起,但却仔仔细细地说明了地点。

　　一旁的薛时雨轻轻地嗯了一声,就再没别的表示了。

　　"这之后,我就要走了。"宋遇青说,"爸爸安排好了一切,下周日我就飞去国外,转学去那边读高中。"

　　薛时雨也跟着低下头,像是被什么压倒似的,却也没说什么。

　　"就这些,我说完了。"宋遇青紧了紧攥着的手指,赌气似的说,"你可千万别来啊,再见。"

　　她转身离开,而薛时雨没有拦她。

13

　　恒星路5号,自由音乐厅,离别音乐会。

　　三个词组翻来覆去地在薛时雨的心里搅动,白天上学时她不住地想,下午做手工时也不住地想,走神导致手上多了几个针孔。

她愣愣地看着刺痛的指尖，后知后觉地感受到在那条小巷分别时涌起的痛楚——

之后宋遇青就飞去国外，再也不见了。

最后一面，她想送她。

心意既定，薛时雨便开始攒钱，一张票要多少钱？

薛时雨其实心里没有数，她从没去过音乐会，也没看过任何演出，但听隔壁去过电影院的小男孩说，一张电影票也就三十多块。

那大概音乐会也差不多，以防万一，再多攒一些吧，每顿饭只吃一片面包就好。薛时雨暗自思忖着，最终省吃俭用，一周攒下了八十块。

周六，她早早地坐公交车到了音乐厅，下午三点才开始，她十二点就到了。

音乐厅门口没有多少人，这种私人性质的音乐会，往往都是赠票给亲朋好友，对外售卖只是走个形式，也鲜有人真的购买。

当薛时雨站到售票口时，售票员有些惊异地抬眼看了看她。

"居然真的有人买。"售票员嘟囔道，"一张票一百。"

"……多少？"

"一百。"售票员有点不耐地说，"这都没听清楚？"

不是没听清，只是不敢置信。

攒了一周的钱，居然是不够的。

第七章

薛时雨慢吞吞地把兜里全部的钱都掏了出来,数了又数,数了再数,数了还数,数字依然没变。

一张五十,两张十块,十张一块,总共八十块。

每张纸币都皱巴巴的,因为被汗水浸过,因为被反复摩挲过。

每个夜晚,她都一边攒钱一边畅想音乐会上的宋遇青该是多么耀眼,畅想宋遇青看到坐在观众席的自己时会露出什么样的表情,畅想她要怎么说出那声再见。

但却买不起票。

售票员的眼神像是针扎似的刺在身上,放在往常,薛时雨早就冷笑着离开了,但此时,她却强逼着自己站在售票员身前恳求。

"我只有八十……"薛时雨小声地、窘迫地问,"看一点儿也行,能让我进去吗?在里面弹钢琴的是我朋友。"

"一张票一百块啊一百块,不是八十块。"售票员更不耐了,"连票都买不起的穷鬼,还能是开独奏音乐会的人的朋友?怕不是来撒谎闹事的。看不起就走开,这种私人音乐会本身也不是给穷鬼听的。"

说完,售票员挥了挥手,像是赶苍蝇似的,将薛时雨驱走了。

14

宋遇青一袭白色长裙,从容地走上舞台,向观众致意,眼睛却忍不住在观众席里扫来扫去,但那里没有薛时雨。

——可能是有什么事耽搁了,中途会来的。

她在心里劝慰着自己,走近了钢琴,手指按上琴弦,下意识地照着谱子演奏,但眼睛却时不时地往观众席瞟去,因为走神,险些弹错了一个音。

但两个小时的音乐会,从始至终,她期待的人都没有来。

谢幕之后,亲朋好友都渐渐离席了,只有父母坐在那里。

宋爸爸走近她,道:"我们之前说好了,给你办一场离别音乐会,由你告诉薛时雨这个消息,但不能给她任何'希望她来这里'的暗示。如果她来送你,那就说明她在乎你,你赢了。而如果她没来,就说明你在她心里也不过如此,那就放手,跟我去国外。"

宋遇青低下头,咬紧牙关,一言不发。

宋爸爸道:"你赌输了。"

"我不信。"宋遇青瞪他,几乎泪盈于睫,"一定是你又在背地里做了什么。"

"我什么都没做。"宋爸爸叹了一声,"只是她连自己都没办法拯救,又要如何救你呢?"

宋遇青推门而去,她拽着长裙裙摆,不顾仪态地往薛家跑去。

薛家住在城郊,单凭双脚,要跑很久,但她还没有跑多远,就在一条岔路口的小巷里看到了薛时雨。

少女一身简简单单的白短袖牛仔裤,但一尘不染,显然是为了今天特地换的。

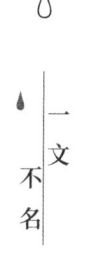

她站在阴影里，短发凌乱地支棱着，看不清表情。

"你既然来了，为什么不进去看我？"宋遇青再也忍不住委屈，大声质问道。

薛时雨定定地看着眼前的女孩，一身华贵长裙，和她像是两个世界的人。

"……我不是来看你的。"薛时雨撒谎道，"我是来这儿打工赚钱的。"

"钱就这么重要吗？"宋遇青满眼失望，"我走之后，我们就再也不能见面了，你明白吗？"

薛时雨唇边泄出一声冷笑："大小姐，你不食人间烟火，你不明白，对我们这些人而言，钱是一切。

"我不像你，我的妈妈不是音乐家，我的爸爸不是企业家，我们家没有可以轻松让我转学到国外的关系和财力。没有人会尊重我的梦想，只会嘲讽我不配，因为我们家很穷，连条普通的船都买不起。"

钱可以买来她的音乐会门票，可以买来为她送行甚至留下她的资格，可以换来实现梦想的机会，可以换来尊重甚至是吹捧。

宋遇青不知道，薛时雨也不会告诉她，因为囊中羞涩而自己连入场资格都没有，被售票员赶苍蝇似的驱走，在巷子里站五个小时，是什么样的心情。

"可我尊重你。"宋遇青问，"那还不够吗？"

其实够了。

但如果这么说的话，她一定会留下吧。

薛时雨用尽了一切勇气，才低下头，冷冷地说："不够。"

空气似乎冻结了，仿佛凝结出冰凌，扎得她们浑身都泛着刺痛。

良久之后，宋遇青才找回自己的声音，她听到自己颤抖地说："在你心里，我是不是就一文钱都不值？"

"你值，"薛时雨说，她的脸藏在阴影里，看不清晰，"值八十。"

宋遇青嗤笑一声："居然还有个数，倒是不贵。"她声音里满是疲惫和失望，"既然这么不值钱，那么我还是走了比较好。"

那些还未说出口的话，那些未被传达到的心意，就此终结。

宋遇青转身离开后的许久，薛时雨依旧站在巷子里。她低着头，似乎僵硬成一座石像，手始终紧紧握着兜里的钱。

那里有一张五十，两张十块，十张一块，总共八十块。

因为过于珍惜，每张都被反复摩挲过，因而变得皱巴巴的。

宋遇青不知道，对她来说"轻而易举""不贵"的八十块，是薛时雨拼尽全力、省吃俭用才攒下来的全部资产。

"再见。"薛时雨孤身一人，声音轻轻的，像是怕被人听到似的，"再见了。"

在这场一文不值的相遇里，我是河上的泥菩萨，你是水上落花，我救不了你，你留不下我。

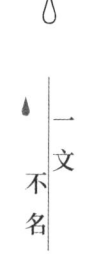

15

宋遇青要走的消息传遍了整个年级。

班级里，班长特地瞒着宋遇青，偷偷跟其他人开了场班会。

"宋妈妈说，宋遇青同学临走前会在家里办一场派对，欢迎大家去送别，想去的人跟我报名，我会告诉宋妈妈。不好意思去但是想送礼物的人，可以把礼物交给我，我带过去。"

因为宋遇青成绩优秀，性格温和，虽然在学校里只待了不到一个学期，但人缘却不错，因此许多同学响应，很多礼物送到了班长手里，薛时雨也送了一份。

班长看了看那礼物，忍不住问："这是什么？"

"这是现在我手里，最珍贵的东西。"薛时雨说，"送给她了。"

宋遇青的临别聚会很盛大，每个人都玩到尽兴，而理所当然地，薛时雨没有来。

聚会结束后，宋遇青回房休息了，宋妈妈和宋爸爸替她拆礼物。

有些用昂贵的金箔纸包好，有些用了定制礼盒，礼物五花八门，有手表、项链、书籍、乐谱等。

某个角落有一份礼物，它看起来如此不起眼，用破旧的、褪色的蓝手绢包起来，只有一个手掌大小。

手绢上没有署名，不知道是谁送的。

宋妈妈将手绢拆了开来，里面是十三张纸币，每张上都有反复摩挲的痕迹，皱巴巴的。

一张五十,两张十块,十张一块,总共八十块。

宋妈妈讶异道:"谁给的?就给了八十块钱?少就算了,居然连个稍微正式点的礼物都不想买吗?太不用心了。"

对于宋家来说,八十块不值一提。

宋妈妈随手将钱放在一旁,又开始拆起别的礼物。

窗户没关,深秋的冷风灌进来,将那十三张纸币吹开,无人顾惜,无人知晓。

就这么散开了。

End

THE REGRET
OF
SPRING

CHAPTER 08

每个样本的前身,可能都是一只翩翩飞舞的蝴蝶。
我们飞越风雪飞越千山,最终还是要用自己的眼睛去看这个世界。

The Regret of Spring

人类 ❀ 观察日记

文・魏辽

Ren Lei Guan Cha Ri Ji

温柔包容大姐姐 × 怯懦自卑小可怜

人类观察日记
REN LEI Guan Cha Ri Ji

文·魏辽

THE REGRET OF SPRING

01

　　那扇蓝黑色的铁门内传出了一声带着暴怒的"滚开",男人声如惊雷,有什么东西轰坠地,紧随其后的是女人无助绵长的哭泣。阎嘉掏钥匙的手猛一哆嗦,顿在了半空——又在吵架,阴湿狭窄的楼道里久久回荡着哀戚的哭声,她愈发觉得不安。

　　化学考试不及格的卷子就在书包里,阎嘉的手慢慢扶上了书包肩带,握得更紧了些。

　　但没等她做好心理准备,门把手就转动着朝外打开了,她猝不及防地抬起头,和继父就这样打了个照面。

　　男人面色铁青,戾气和躁意在眉间郁结成一团浓重的阴影,那双棕褐色的眼眸显得愈发凶狠。她不自觉地朝后退了一步,咬住嘴唇，没有说话。他不看她，重重地撞了她的肩膀一下，走下了楼梯。

老旧的楼梯间宛如通向渊底的黑洞，继父的身影在拐角处一晃就消失了。

可以呼吸了，阎嘉对自己说。她如梦初醒，张开嘴喘了两口气。

客厅里没有人，母亲似是听出她回来了，那哭声压抑成了隐忍的啜泣，她在玄关换了鞋，反手把外套挂在了鞋柜边简陋的衣帽柜里。

回房间前，母亲的卧室里传出了打火机清脆的"咔哒"声，她在抽烟。父亲去世后，她就染上了这种恶习，阎嘉多次劝说她戒了，她也只是敷衍地点点头。

阎嘉不忍心看她深陷的眼窝，和含在眼眶里那暗淡无光的两颗瞳仁，她许久没有笑过了。

也许短暂的吞云吐雾能够让她紧绷疲惫的神经松弛一瞬，若是连这点出口也被阎嘉剥夺了，她想不到母亲还能做什么去释放自己的痛苦。

进到卧室里，阎嘉轻手轻脚地合上了门，待门板与门框严丝合缝，她方才浑身脱力般将自己摔掷到了柔软的床铺上。

书桌上摆着的高考倒计时还有三百多天，留给她休息的时间不多了，她翻身拾起书包，摸出那张折起来的试卷。

红笔批注的四十分刺眼得像是一把斧头，随着试卷一起掉出来的是一张裁得并不规整的作业纸，她好奇地用手指抹平了它，上面是一行歪歪扭扭、很丑的字：

第八章

笑起来很漂亮,为什么不笑呢?

谁放进来的?阎嘉诧异之余拍了一张照片,发给了柯锦。

柯锦是她的同桌,传说中不用好好学习就能九门全优的"学神",已经拿到了心仪大学的保送名额。

按理说,高三这一年最为紧张的冲刺期与她无关了,但她还是每天按时去上学,坐在阎嘉身边睡得天昏地暗,美其名曰回家睡不着,只有听着数学老师"念经"的声音才能睡个好觉。

柯锦的消息回得很快:"谁啊!有人暗恋我们小嘉。"

"别胡说八道。"阎嘉让她臊得面红耳赤,出言制止。

"哎哟,好啦,你害羞了?"单看这揶揄味十足的询问,都可以隔着屏幕想象到柯锦捂着嘴偷笑的模样,阎嘉一愣,顿时都不知该如何回她了。

"说得也没错嘛,我们小嘉笑起来就是很漂亮,明眸皓齿!"柯锦夸道,"我也觉得你应该多笑笑,不知道是谁与我英雄所见略同!"

"昨天的测验你多少分?"阎嘉骤然提问。

柯锦的对话框里显示出"对方正在输入"的字样,过了两秒,她的答复闪了出来:"刚开考我就困了,只有八十。你呢?"

"我是可帛。"阎嘉说。

"什么意思?"柯锦蒙了。

"柯锦的一半,可帛。"阎嘉讲了个只有她自己能听懂的冷笑话。

"哈哈哈哈哈哈哈，四十分啊！那也很厉害了，这次测验那么难，全是实验步骤题，我们又没上手做过。"柯锦安慰她道，"你不要太紧张了。"

"可我是全班最低分。"阎嘉沮丧地说。

"你别这么丧气呀！我初中的时候生物才考二十分呢，我说什么了。"柯锦不惜搬出自己的惨烈经历给阎嘉加油打气。

"那和你现在拿着保送名额高枕无忧有什么关系？"阎嘉犀利指出。

"学习这东西要开窍啊，有些人，那天生就适合学习，一点就通，有什么办法？这和你的能力还有勤奋程度没关系啊，你要是事事都这样苛求自己，精神压力越来越大，最后结果说不定还不如现在的四十分呢。"话糙理不糙，柯锦说罢顿了顿，"放心，我看你现在的学习节奏就挺好的，别绷得太紧了。欸，隔壁班有新情报说，咱们班要换新的化学老师了。"

"换新的有什么用，我考了四十分。"阎嘉像是和她的四十分过不去了，翻来覆去地提。

"好好好，四十分，你以后就叫阎四十，以后人生的所有重大场合，让你发表感言，你站在台上，清了清嗓，悲戚地说'我高中的化学随堂测验，考了四十分，这成了我一辈子走不出来的阴影'……临终的时候握着你孙子的手也这么说！"柯锦坏心眼地打趣她。

阎嘉忍俊不禁，笑了出来，这一破功，摊在面前的试卷似乎也没那么难以接受了。

"烦你了，我写作业去。"阎嘉故作愠怒道。

"行,你家今天不吵架,难得清净,写去吧。"柯锦叹道。

哪里是不吵架,只是今天吵得早,都吵完了。阎嘉没有解释,把手机收起来,挪到桌前倒出了堆成山的作业簿。

02

世界上有没有不努力就通往成功的捷径,阎嘉想,当然有,只是她和柯锦都是芸芸众生中最微末不起眼的蜉蝣。

虽然柯锦现在拥有各科老师赞不绝口的绝佳成绩,但是她在所有人都看不见的地方加倍付出了汗水,这一切都是她应得的。

所以阎嘉羡慕她,却从不嫉妒她。

新换的老师十分严厉,教学方式和上一位老师迥然不同,可是这并没有使阎嘉试卷上的成绩更漂亮,她越发疑心是自己的蠢笨拖了全班平均分的后腿。

现实再次给了阎嘉一记迎头痛击,月底的摸底测验,她又不及格。虽然没有上一次的四十分那么难看,可五十一分也没好到哪里去。

女老师鹰隼般犀利的目光把前几排的同学捅了个透心凉,盛夏酷暑,所有人都低着头,唯恐惹她不快。她的视线搜寻着什么,最后落在了阎嘉的脸上,眉目一沉,她抬手丢出一截粉笔头,正中阎嘉的脑袋。

"下课来我办公室。"她通知。

这一下不轻不重,粉笔头砸到阎嘉脑袋的瞬间弹开去,滚过她的衣领，掉到了地上，在深蓝色的校服衣领上留下了一处淡淡的灰渍。

更让她难受的是周围投来的同情的眼神，阎嘉不敢去看别人的眼睛，她死死盯着面前摊开的课本，脑子里乱七八糟的乱成一团，早就挤得她看不进任何东西了。

下课铃催命般响起，阎嘉垂头丧气地跟在老师身后，女人脚下踩着的高跟鞋圆规似的，叩出清脆的笃笃声。

柯锦担心地尾随她们走了出去，可到了化学办公室门口，那扇漆成浅色的小门轻轻一阖，就将她与她们隔开了。

柯锦不知道里面在说什么。

很短的时间后，五分钟，或许只有三分钟，那门蓦地被推开了，阎嘉哭着从里面跑了出来。她伸出手想拉住阎嘉，可后者泪眼婆娑，力气极大，用力一揉，险些把身材娇小的柯锦推倒在地。

她踉跄了一下，看着阎嘉捂着嘴奔出去的身影消失在走廊尽头，站稳了身形，再看向办公室里，化学老师冷着那张脸无情道："现在的学生都是什么心理素质，考成这个样子，还说不得？"

柯锦想追出去，但上课铃又嗡嗡地吵嚷，整条楼道里顷刻学生们作鸟兽散，柯锦只得作罢。

她身边的座位空了一整节课，阎嘉是敏感但坚韧的人，柯锦从来没见过阎嘉生气，她总是将自己的情绪遮掩得很好，面面俱到地照顾着其他人的心情。

正是因为阎嘉内敛多思的性格，让柯锦许多次想说些什么

第八章

劝她敞开心扉,却又因为担心会戳到她不愿示人的柔软伤疤而作罢。

那张小纸条是柯锦写的,为了不让朝夕相处的阎嘉认出她的笔迹,她突发奇想,用左手笨拙地写下了那行鼓励的话。

优秀如柯锦也有脆弱得号啕大哭的时候,她所承受的压力不比阎嘉少一分,在黄昏后空荡荡的教室里,是看起来害羞寡言的阎嘉一直陪伴在她身边。

因为在那个难挨的黄昏,有一瞬间,她被阎嘉的光所照亮,所以柯锦总想用自己的方式拉一把泥潭里的阎嘉,哪怕只是一张微不足道的字条。

起码她会明白,不是所有人都希望她爬得越高越好,哪怕筋疲力尽,至少有一个人只是单纯认为她的笑脸很好看而始终注视着她。

那个女人肯定是说了非常过分的话,但是什么样的话会让阎嘉这样隐忍的人崩溃?她百思不得其解。

阎嘉蹲在教学楼后的废弃车棚边哭了很久,两眼都肿了起来,她蹲得腿麻,一只白色的蝴蝶翩飞进肮脏的车棚,扇动双翅飞过结着蛛网的棚檐。她望着那只蝴蝶,稍微有点出神,破损的棚顶处照进温暖的阳光,在阴暗的地面投出几块不规则的光斑亮块。

情绪褪去,恢复理智的第一时间,阎嘉心里暗道了一声糟糕。她刚才没等化学老师说完话就夺门而逃了,现在还翘了一节课,回去之后,班主任还不晓得要说出什么话来嘲讽她。

她用袖子擦了擦自己湿漉漉的脸，眼泪和鼻涕都抹在了袖口，她眼下顾不得那么多，抹脏了才洗干净的衣服让阎嘉更加沮丧。

她仰起头哽咽着，破喉而出的哭声被她极力压了下去。

"用这个吧？"忽然有只手从她身侧伸出，手指纤长白皙，温柔的声音吓了阎嘉一跳。

她本就腿麻，这下直接一屁股坐到了地上，两手撑在身后，她看清了这只手的主人。

是个姑娘，留着一头乌黑的直发，没有刘海，露出光洁的额头，两鬓有几绺碎发，忽然起了一阵轻风，她鬓边的散发像是四月春湖畔的绿柳柔柔地浮动起来。

这人没有穿校服，看起来也不像老师，阎嘉狐疑着没动。

那姑娘干脆蹲在了阎嘉身前，好脾气地又把手伸长了一点，指尖都快贴到阎嘉的鼻子了。

阎嘉觉得不好意思，可这个姿势实在动不了，她要是抽手爬起来，就会狼狈得不成样子。她还是很要面子的，但一直不接又显得太没礼貌。

阎嘉还在纠结要怎么办，女孩托着纸巾的手已经细细地擦过了她的眉目，宛如呵护一件精致的瓷器，她动作很慢，一点一点地擦掉了阎嘉脸上的泪痕。

"谢谢……"阎嘉开口道谢，发出的声音有着浓浓的鼻音。

"你是这里的学生吧，怎么不去上课？"她关心道。

阎嘉不知道该如何作答，张了张口，那缘由活似一团黏稠拧巴的胶水，黏糊糊地封住了她的喉舌。

第八章

"想不想去学校对面的饮料铺子喝冰镇气泡水,我请你?"她看出阎嘉抿唇不语的抗拒,不再勉强她,两只葡萄似的眼睛闪烁着狡黠的光,阎嘉想到了从前小区里的流浪黑猫。

那只猫四肢修长,眸若琥珀,不亲人也不吃她投喂的东西。后来因为附近的野猫太多,干扰了大家的正常休息,居民的投诉电话一通接一通,物业赶走了一批流浪猫,她就再也没见过它。

想到它很警惕,不吃投食,她稍微安心了点,大概是迁居去了别的地方吧。

阎嘉鬼使神差地点了点头,她是个好孩子,母亲从未操心过她的学习生活,她谨守着学生守则,十几年来如履薄冰,没有出过任何差池。

青春期的叛逆不曾发生在阎嘉身上,柯锦请了三天假一个人跑到邻市看喜欢的明星的演唱会,这是她想都不敢想的大胆任性的举动。

天晓得做出上课期间跑到马路对面去喝气泡水的决定对阎嘉来说需要多大的勇气。

女人见她应允,笑了起来,她笑得很温柔,唇角上扬,在八月末的酷热中如清风拂面。

她带着阎嘉朝学校门口走去,门卫看见她客气地招呼了一声:"黄老师,带学生出去?"

她从容道:"是呀,太热了,咨询室里开着空调都坐不住。"

意料之外的畅通无阻,她们被放行了。

老师？她是老师？

阎嘉的大脑一瞬死机了，她没有佩戴工牌校徽，穿得也这么随意，还以为她是返校看望老师的毕业生。

"很诧异？"她微微侧头，偏过了小半张脸，用眼角的余光轻轻扫过阎嘉狐疑的脸庞。后者不好意思地点了点头："老师，您……"

"轻松点，我不是授课老师，我姓黄，我叫黄靖焉，要是觉得不自在，你就喊我靖焉吧。"她倒是满不在乎，过马路时揽着阎嘉的肩膀，二人身高相仿，可阎嘉偏偏觉得这一刻的亲昵让她显得很高大可靠。

黄靖焉很健谈，语气缓和轻柔，带着某种蛊惑人心的力量，不久之前还冲撞在阎嘉心口的烦躁和郁闷烟消云散。

她安静地听黄靖焉说着自己的事，获得了无法言说的宁静。

黄靖焉是学校聘请的心理咨询师，工作是为即将面临大考的高三学子提供心理疏解服务。

不过十七八的少男少女们心事和学业一样繁重，对自己的想法都羞于启齿，心理咨询室门可罗雀。她每天打卡上班，也不过是坐在办公桌后翻翻漫画书和小说集，摆弄摆弄那几盆前任心理咨询师留下的绿植。

日子无聊得很，于是她趁着学生们都在上课的时候独自在校园里溜达，歪打正着，捡到了阎嘉。

饮料铺子里只放了两张木桌，没有靠背的圆木凳稀疏零落，黄靖焉问过她的口味，给她点了一杯特调的海盐柠檬汽水，自己则捧着瓶装的蓝莓波子汽水坐在了她的对面。

"你呢？小阎嘉。"她轻松地问。

碳酸在舌尖轻轻绽开，带来一点点尖锐的痛意，入口冰凉，阎嘉闷声不吭地吸了一大口，抬起头，碰上了黄靖焉关切的清澈目光。

03

阎嘉一时不知该从何处说起。

是考试失利，化学老师锥心刺骨的奚落，还是让她无法集中注意力应付学习的复杂家庭环境，或者是追溯到更早的时候，父亲去世那日，她站在医院长得没有尽头的走廊里，窗外透进惨白的光，霎时扭曲了她视野里平整的瓷砖地板。

"是我不好。"阎嘉艰涩地开口，给出了她的答案。

"哪里不好？"黄靖焉刨根问底。

"学习不上心，考得很差，我让老师失望了，也对不起妈妈。"千言万语，最终只汇聚成这一句话。阎嘉摇了摇头，祈求的眼神吸附在黄靖焉的脸上，那是在恳求她不要再问下去。

"她们亲口对你说了，你让她们很失望吗？"黄靖焉换了个问法。

——听你们班吴老师说，你想考到K城大学去？就你这个分数，你想怎么去K大？讲了又讲的地方，你还能错，你的脑袋里根本没有装着学习这件事。上课一直走神，你在想什么？

不好好学习成绩上不去，你家吵架是为这个吧？

这是化学老师的原话，班主任姓吴，阎嘉的家庭情况，大概都是她告诉新老师的。

虽然不清楚她上课走神和母亲总和继父吵架有什么关系，可这句话还是触动了阎嘉最敏感的神经。

她又想哭了，低下头抽动了两下，她拼命克制住了想要夺眶而出的眼泪，咬紧了牙，再次对黄靖焉摇了摇头。

预想中的安慰并没有出现，或许黄靖焉现在也清楚她最需要的不是那些不痛不痒的抚慰。

她伸出手搭在了阎嘉的肩头，慢慢拍了两下，随后，又拉住了阎嘉冰凉的手，握进了自己的掌心。

黄靖焉的手白皙温热，阎嘉仿佛闻到了她的护手霜是马鞭草的味道，淡淡的清爽香气，突兀却不蛮横地涤荡了阎嘉心头郁闷的阴雨。

她纤细的手竟然比记忆里任何人的手更让她感到宽厚踏实，阎嘉的鼻尖一酸。

无声的陪伴比聒噪暖心的话奏效得多，阎嘉很快调整好了自己的情绪，红着眼睛对她歉疚道："对不起，黄老师，浪费了您的时间。"

"你真有意思，什么也没做，为什么要道歉？"黄靖焉含着吸管笑弯了眼睛，"非要说的话，也是我该说，对不起，让你陪我出来喝气泡水，浪费了你的时间。以后试着把对不起换成谢谢吧？"

第八章

阎嘉总是在道歉,无论是不是她的错,她对所有人都过分宽容,却以一种近乎苛责的态度去追究自己微不足道的纰漏。遇到事的第一反应永远是承认错误,仿佛只要她立刻低眉顺眼,卑微到泥土里去,那些令人不悦的事就会因她的隐忍屈就而翻篇。

"我参加工作没几年,比你大不了几岁,你喊我老师让我心虚得很呢,之后就叫我靖焉吧。我的办公室在车棚旁边的那栋楼里,五楼,可以去找我玩。"黄靖焉松开了手,捧起冰镇过的玻璃瓶朝她挤眉弄眼,而阎嘉竟然不觉得不庄重。

她喜欢看黄靖焉的眉眼,她的睫毛很长,眨动起来像两把小扇,让人赏心悦目。

阎嘉想象着黄靖焉化浓妆的样子,将睫毛刷得浓密,眉心再点上一枚五瓣梅的花钿,应当会很漂亮。

"靖焉,你在哪里读大学?"她好奇道。

"K大啊。"黄靖焉不假思索地说。

"四季如春的K大,好想去。"阎嘉神往起来。

"你很怕冷?"黄靖焉敏锐道。

她害羞地点了点头:"北方人对南方总有种说不清的执念吧,这里的冬天太冷了。"

"那边冬天的阳光很好,有机会是可以去看看。"黄靖焉就这么有一搭没一搭地和她聊着。

说到自己精彩纷呈的大学生活,黄靖焉滔滔不绝,她在K大组了一支校园乐队,自己担任鼓手,参加过很多次校庆表演。阎嘉实在很难把瘦弱的黄靖焉和舞台上挥舞着鼓槌敲出力量十足的鼓点的鼓手联系到一起。

四年之后,好友们各奔东西,黄靖焉舍不得校园生活,又读了两年研。研究生毕业后,本来可以继续深造,但她突然想参加工作,体验截然不同的新的人生经历,因此不顾家里的阻拦,自作主张为求学生涯画上了一个圆满的句号。

"想做就去做了,很多人一生都在为别人而活。为父母的期待、老师的热望,背负着本不属于他的责任,我才不要,如果现在还在继续上学,我又怎么能遇到你呢?所以呀,我们现在能坐在一起喝小甜水,都是冥冥之中的每一个选择促成的。"黄靖焉信誓旦旦道,"你信不信,所有相遇都是注定的?"

她神秘的语气逗笑了阎嘉,阎嘉嘴边噙着笑意说:"我信啦。"

"这就对啦,你笑起来真好看。"黄靖焉不加掩饰地称赞道:"多笑笑就好了。"

阎嘉一刹那的神色恍惚也逃不过黄靖焉的目光,在她的追问下,阎嘉羞怯地提起了自己不久前收到过的那张纸条,上面的内容也是说她笑起来很好看。

"看吧,审美在线的不止我一个。"黄靖焉得意地说,"你自己看不见,只有在你身边的人才知道。"

"知道什么?"阎嘉好奇地问。

"女孩子的笑模样各有各的漂亮,你的漂亮像是黯淡的星,倏忽被夏日雨濯去了蒙在上面的厚重灰尘。"黄靖焉给出了她认为最妥帖的回答。

认真的表情看得阎嘉不好意思与她对视，仓促地低下了头，两朵绯色的红晕猝不及防飞上了脸颊。

04

柯锦绕着她转了好几圈，从头到脚地打量过，确认她安然无恙才长出了一口气。

"吓死我了，你跑到哪里去啦？老吴找了好多地方都没找到你。"她担忧地责备道。

"没去哪儿，就在学校……"阎嘉话到一半刹住了，遇见黄靖焉像是她一个人的秘密，即使是面对柯锦，她也不想和盘托出，勉强扯开笑意，打听道："对不……谢谢你，让你担心了。老吴没有说让我回来了去她办公室之类的话吗？"

"为什么要让你去办公室？"柯锦奇怪。

"我应该给她惹麻烦了。"阎嘉惴惴不安地说。

"没有。"柯锦叹了口气，"她说高三这个时期很特殊，心情不好可以去和她说说，你自己去散心也可以，但是不要耽误了学习呀。"

"她真这么说？"老吴的善解人意超出了她的预料。

"我还能骗你呀！"柯锦右手捏成拳头捶进了左手的掌心，"化学老师事后也觉得自己说得有点过火，她只是太着急了，你是好苗子，成绩不见起色，她看着可惜。你们究竟说什么了？"

"没什么。"阎嘉抿了抿嘴唇，低下了眼，"不想回家，回家肯定又在吵架。"

柯锦把上节复习课摘抄整齐的板书和记录完整的笔记摊开推到了她面前："回家的事回家再说，我都给你记好啦，你快抄抄，有什么不懂的问我。"

"柯锦……"一股暖流涌入丹田肺腑，阎嘉捧着她的笔记本感动地叫道。

"打住，别跟我说煽情的话啊，咱俩这交情，你可省省。我为你牺牲了宝贵的睡觉时间，下节课要狠狠睡觉，你可不要打扰我。"柯锦摆了摆手。

阎嘉被她狠狠感动了一把，用力点了一下头，望着柯锦枕着自己胳膊歪过头去打盹的身影，她情不自禁地想到了黄靖焉所说的"只有在你身边的人才知道"。

她身边有什么人呢？自从升入高中以来她的生活里仿佛就只剩下了学习，交友和业余爱好全部中止，天大的事也要为作业让路。

她的朋友只有柯锦，看来写那张纸条的人大抵也是她吧。

想到柯锦和黄靖焉，有什么东西在心口化开，这样温柔的抚慰让阎嘉觉得幸福。

黄靖焉说以后阎嘉有什么困难都可以联系她，她们互相添加了联系方式，黄靖焉的头像是一朵含苞待放的荷花，配着"平平淡淡"四个字，有一种远超她年纪的老气，像是妈妈辈的人爱用的头像。

阎嘉笑得前仰后合："你怎么用这种图？"

"看着这张图你不觉得很平静吗？"黄靖焉反问她，"反

第八章

正我是觉得有一种净化心灵的感觉,校领导给我安排工作的时候看见这个头像也会平心静气许多吧。"

"可是生活的压力和浮躁哪是看见一张图就能净化的。"阎嘉喃喃道。

"嘿哟,你这个小丫头,怎么说这么丧气的话啊!"黄靖焉睁大眼半开玩笑半教育道,"的确,我们不能消除别人的戾气,但自己行得正坐得直,保持冷静和善就可以了呀。我们能做到的也只有管好自己。"

阎嘉趴在桌面上抄写着柯锦的笔记,想起那张白里透粉的荷花头像,真的感到了一阵前所未有的平静。

笔尖下娟秀工整的字迹如流水般涓涓流淌出来,渐渐填满了空白的纸页,阎嘉空荡的胸膛也被什么温暖的东西一点点铺得充盈。

她回到家鼓足勇气对母亲说出了那句酝酿许久的话。

母亲拿烟的手指微微颤抖,朝她瞧过来的眼神里满是不可置信。

阎嘉垂在身侧的双手不自觉地颤抖着,她攥握起拳头,闭上眼坚定地说:"如果和他在一起一点都不幸福,那就离开他。"

那一刻,她不再恐惧继父阴沉的脸。

她想她不会再在母亲啜泣的时候将自己关在房间里,而是踏出那扇小门,然后走过去,像黄靖焉握着她的手那样拉住母亲的手,告诉她,不要怕,她会一直陪着她。

05

母亲是个摄影师，或许，曾经是。

她的相机在小阎嘉的眼里像是一个会魔法的盒子，明明只是个乌黑的铁疙瘩，可轻轻按下快门，世间美丽的万事万物都会在那一瞬间被定格在一张小小的胶片上。她开过许多摄影展，一些优秀的作品也曾被人花高价买去珍藏，她也因此与阎嘉的父亲结缘。

阎嘉的父亲是个地质研究员，当然，也是曾经。

他常年出差在外，裤子和登山靴上永远沾满泥点，身上带着好闻的、陌生的自然气息。阎嘉很喜欢挂在他的胳膊上，他坚实有力的手臂弯曲，可以单手举起小小的女儿。他是很会爱人的，起码在他生病之前是这样，只要他在家，阎嘉每天早上都会有温热的早餐吃，她的衣服都是他亲自挑选的，英气不落俗的衬衣和黑色童装工装裤。

阎嘉七岁那年，他病了，病得很重。有将近半年的时间，阎嘉都在学校和医院间往返，也许是大脑刻意地保护，阎嘉遗失了许多关于那段时间的记忆。

母亲终日以泪洗面，这个家笼上了一层愁云惨淡的薄雾，无论是亮堂的客厅还是被父亲擦拭得一尘不染的书房全都落了灰蒙蒙的尘。

后来，父亲终于回家了，只是成了一张黑白的相片，装在一张裱了黑色花朵的透明玻璃框里，远远地对阎嘉和煦地笑着。

不知是不是因为他临终前说的那句"找个人替我照顾你和

第八章

嘉嘉"，母亲像是着了魔一般，执着于寻找一个男人来扮演她和阎嘉生命中避风港的角色。

十年一晃而过，她结了三次婚，但父亲的角色始终无可代替，阎嘉习惯了陪在母亲身边奔波，她频繁地更换着丈夫，亦为阎嘉更换着父亲。

阎嘉厌倦这样的日子，阴雨天从教室巨大的玻璃窗望出去，可以眺到空无一人的操场，她觉得自己在被生命流放。

母亲嫁给现在这个继父的那天穿着一身红艳艳的喜服，没有大摆筵席，两家人简单地吃了顿饭就算喜酒——她活成了所有亲戚眼里的笑话。阎嘉把头埋在碗里，拼命地往嘴里塞着饭菜，假装听不见继父那边的亲戚冷言讥嘲母亲的话。

这段感情从一开始就是不受祝福的，母亲执拗地以父亲为模板寻觅着，即使明知前方是火海，她还是义无反顾地带着阎嘉跳了进去。

"你说什么？"她像是听不懂阎嘉说的话。

"我说，你可以和他离婚。"阎嘉一字一顿地说。

"嘉嘉你不要再胡说了。"母亲面色如纸。

"我没有胡说。"阎嘉已经想要夺路而逃了，她强忍着恐惧，迎上了母亲的视线，"爸爸死了，他不是爸爸！他也不爱你和我！"

一记响亮的耳光甩在阎嘉的左脸上，她却感到如释重负，折磨着她的犹豫和胆怯突然烟消云散，阎嘉抬高了声音，一鼓作气地喊道："我也可以照顾好自己，照顾好你，为什么要把自己的余生和一个自私冰冷的男人绑在一起！"

母亲怔在原地,她的右手还没有放下,周身剧烈地震颤起来。

"你就找吧,穷极一生,你也找不到第二个爸爸了,你自己最清楚!"阎嘉推开她跑回了自己的卧室,重重地摔上门,一声惊天动地的巨响隔开了她和母亲。

被打的半张脸很烫,母亲似是用尽了全力,她能清楚地感觉到那半边脸木了,还有点肿。

她不后悔,但强烈的愧疚感像是海啸,顷刻吞没了她,她知道自己在内疚什么。她戳破了母亲自欺欺人为自己钩织的幻觉,哪怕血淋淋的事实就摆在两人面前,母亲仍自我催眠般不断给自己洗脑——仿佛身边只要还站着那个男人,那么被爱就是早晚的问题。

然而前几次失败的婚姻也像是无法逾越的高山,赤裸裸地横在她们面前,无声地嘲笑着她的天真。

阎嘉打开了黄靖焉的对话框,斟酌再三,她说,她脱掉了皇帝的新衣。

黄靖焉没有问多余的话,那个"平平淡淡"的荷花脑袋很快回了消息:"恭喜你。"

阎嘉倒在床上看着这短短的三个字,在母亲面前没有掉下的眼泪飞流直下。

"皇帝还好吗?"黄靖焉俏皮地问。

"我和皇帝都不太好。"阎嘉说,"她很难过,我也是。"

"那你觉得痛快了吗?"黄靖焉说。

第八章

"没有,很痛苦。"阎嘉的泪水流个没完,很快浸湿了枕头,左脸开始火辣辣地疼,她把脑袋往枕头里埋得更深了,"我可能错了。"

"谎言永远都是谎言,你揭穿了本就不存在的新衣,也好过大庭广众之下,让对方光溜溜地巡街。"黄靖焉说,"不要为已作出的决定追悔莫及,太迟了,如果真的觉得伤害到对方了,用其他方式弥补吧?"

阎嘉把手机丢在一旁肆无忌惮地哭了一场。

要想不蜕层皮就从泥潭里跳出去是不可能的,她告诫自己,凡事都有代价,那个清脆的巴掌就是说真话的代价。

06

阎嘉有了新习惯:放学时漂亮的晚霞,学校附近的垃圾桶里被人遗弃的大捧花束……她都想拍下来发给黄靖焉看看。

柯锦观察了她几天,紧张地凑上来,试探道:"你有情况?"

"说什么呢你!"阎嘉将眉毛一挑,后退两步,惊奇道。

"你最近都不和我一起走了,喜欢上什么新鲜玩意儿了?"柯锦没边地乱猜起来。

"没有!"阎嘉恼怒地否认道。

"那你给谁发消息呢,边发边傻笑,有时候一放学就跑得没影了。"柯锦半信半疑。

好吧,她的确喜欢和黄靖焉独处的时光,那样亲切,那样让她舒心。

非要形容的话,阎嘉觉得就像午夜无人打扰的昙花在清幽的月光下终于可以自在地舒展开洁白的花瓣,没有白天聒噪的鸟雀,唯一的看客是月亮。

阎嘉不想回家,所以放学后偶尔会去黄靖焉的办公室写作业。

五楼很安静,放学后的教学楼静默在夕阳中,化作一只庞大的钢筋巨兽。她躲在这只巨兽的肚子里,占一张小桌子,咬着笔尖读那些晦涩难懂的题目,没有人来打扰她们。

黄靖焉已经不记得大多数高中课业的知识点,所以在阎嘉烦恼的时候,她也捧着课本在一边温习着早就遗忘的内容。捡起来这些东西没有花费黄靖焉太多时间,她很快就能帮着阎嘉读题,解决她的困难。

"太厉害了。"阎嘉衷心地惊叹道。

"哈哈!我上学的时候,做过一段时间家教,还没忘干净。"黄靖焉骄傲地说,"家里不支持我组乐队,说是太耽误学习了,大三的时候他们就停了我的生活费。"

"我也可以这样吗?"阎嘉憧憬。

"可以。不过你拍照那么漂亮,又有天赋,做独立的摄影博主不是更好?积攒一些喜欢你作品的爱好者,朝那个方向发展一下,完全不用当家教那么辛苦。"黄靖焉嘴里说着,执笔的手在试卷上勾出关键词,提醒道,"你看这个变量,是出题人迷惑你们的障眼法,你直接把刚才算出的那个答案套式子,这样,代一下试试……"

黄靖焉做什么事都很认真,阎嘉小心地用眼角的余光看着

第八章

她的侧脸，她的面部曲线流畅得像是一笔勾勒到底的，下颌线清晰漂亮。

阎嘉忍不住问道："靖焉，你为什么愿意帮我？"

"你问一开始，还是现在？"黄靖焉把要套用的公式潦草地标注在了纸边留白的位置，抬起头望向阎嘉。

"一直以来。"阎嘉纠结地说道。

"我在写人类观察日记。"黄靖焉说，"记录一下我遇到的有趣人类，作为我的观察样本，小阎嘉很合格。"

"那研究成果如何呢？"阎嘉被这个新鲜的名字吸引了注意力。

"特别好。"黄靖焉肯定道，"成绩斐然。"

"我很喜欢在暗处看人，看他们的一举一动，每个人遇到事的反应都会不一样。'性格'和'成长轨迹'的迥异会让这个世界上的人像落叶一样，没有完全一模一样的两片。"她合上了笔盖，"你很独特，也很有趣。早慧的孩子都很晚熟，所以你很聪明，又有一点点呆，保护自己是和大步前进同等重要的事情。我只是不想看到你受伤，在山雨欲来的时候，给你撑把伞罢了，其实我什么也没帮你。"

"那这个日记上，记录的人多吗？"少女果然对自己的特殊性很在乎。

"目前只有你一个。"黄靖焉笑了。

阎嘉高兴起来："等你写完，可以给我看看吗？"

"好啊，不过我需要更多素材。"黄靖焉爽快地答应了她。

"我要做什么？"阎嘉跃跃欲试。

"告诉我更多你的生活。"

黄靖焉说这话时，窗外的夕阳绚烂得像是谁打翻了色泽浓烈的油彩桶。真美，阎嘉仿佛身临一幅瑰丽的画卷，黄靖焉的眼眸里倒映着鲜艳的云霞。

她说得不对，她才不是什么都没帮到她，阎嘉在心中执拗地纠正——她已经帮了她太多。

黄靖焉笑了笑，屈起食指轻轻叩了叩阎嘉的脑门："又发呆，想什么呢？"

她如梦初醒，顿觉窘迫，飞快地起身收拾了自己的东西，支吾道："我知道了，我得回去了，再晚妈妈要担心了。"

07

K大的招生简章被阎嘉剪下来做成了手账，她的手很巧，初中时就会用彩色的胶带和各种卡通贴纸还有金箔珠片在纸张上粘出漂亮的风景画。升入高中后繁重的课业使她不得不放弃了这项爱好，重新拾捡起来，阎嘉心情雀跃，她将成果拍照发给了柯锦。

"这么好看！"柯锦毫不吝啬自己的夸奖。

"嘿嘿，你喜欢什么元素，下次也给你做一期。"阎嘉得意得快要翘尾巴了。

"你这次考得很好嘛，课代表去办公室抄分，和我说啦。化学老师可高兴了。"柯锦迫不及待地向她通报喜讯。

"真的？多少分啊？"果不其然，阎嘉立即被她勾起了兴趣。

"比上次高了十四分。"柯锦说。

"及格了!"阎嘉盯着屏幕上的那行小字,忍不住笑了起来。

"突飞猛进!"柯锦给她发了个竖大拇指的表情包,"怎么做到的?也教教我呗。"

"教你干什么,你又不用考。"阎嘉拆穿道。

"好奇呀!"柯锦直言不讳,"怎么突然就像被打通了任督二脉一样。"

"问了别的老师。"阎嘉含糊其词,试图随口搪塞过去。

"是咱们学校的吗?"柯锦穷追不舍。

"嗯。"阎嘉到底不习惯对柯锦撒谎,她纠结了一会儿,还是诚实地告诉了她,"咨询室的老师,姓黄。"

"什么,你见到黄靖焉了?!"柯锦似乎十分惊讶。

"你也认识靖焉?"这回轮到阎嘉吃惊了,惊讶之余,还有一点她自己也说不上来的小失落。

"不认识,"柯锦说,"但那是我偶像啊。她可牛了,以前也是咱们学校的学姐,大概是我们小学升初中那年的毕业生。以全校第三的成绩考进了K大,后来组建了一支校园乐队,叫什么来着,叫……人类观察日记?"

阎嘉的心跳恍惚漏掉了一拍。

"她刚上大学的时候读的是别的专业吧?反正跟心理不沾边,念了一段时间修完必修课,觉得太乏味,就半路出家转去念心理学了。"柯锦激动得快要昏过去了,"我听说她研究生毕业后,咱们学校聘请她返校任职。"

"她,很厉害?"阎嘉谨慎地问。

"不能说是厉害了,而是非常厉害。我总觉得这样过分优秀的人在待人接物上都没什么温度,像个假人。她在大学就读期间听说也发生过一些事情,不过都是谣传。"柯锦说话吞吞吐吐,开了个头,又不给阎嘉说明白。

"柯锦你也很优秀啊,可你是有温度的,是温暖、鲜艳的。"阎嘉心虚地替黄靖焉辩解道。

其实她并不关心黄靖焉从前遭遇了什么,又做过怎样的事才会成为旁人口中"没什么温度的人",就像黄靖焉没有在遇到她的时候独断专横地将她定性为"坏学生""脆弱矫情的温室娇花"。她只知道是那双藕白的手在她最伤心却无人问津的时刻递给她了纸巾,是黄靖焉举着那张泛着淡淡香气的面巾纸动作轻柔,像是擦拭一件脆弱的瓷器那样抹去了她的眼泪。

放学后的那一个小时是阎嘉一天中最为期待的最快乐的时间。

大女孩和小女孩,头靠着头,坐在一起啃着书本上复杂冗长的题目。她信任着黄靖焉,对她讲述从未和其他亲近的人说过的往事。

她对黄靖焉讲父亲手腕上那块很旧的腕表是祖父的遗物,已有百年历史的老古董经常需要送去维修。

日子一长,他就会自己动手解决一些小的零件故障,他的巧手完美地遗传给了阎嘉。

第八章

讲母亲的摄影作品，她拍过许多蝴蝶，明艳的橙色和幽静的蓝色，蝶翅上生长着眼睛般的纹路，正对着相机镜头。那画面被定格，像把一瞬的自由固定成了永恒。

原来青年时期的母亲面对残酷的生活，也怀揣着少女的天真和憧憬，向往着无拘无束的原野和天空。

所以父亲和母亲的定情信物是一只蝴蝶标本，她不知道母亲还有没有留着它，兴许早已在她们不断搬家的过程中遗失了。

黄靖焉听得很认真，偶尔会在白纸上记录几笔。阎嘉在交谈的过程中愈发开朗明媚，她的话多了起来，展露笑颜的次数也渐渐增多，她的变化被黄靖焉尽收眼底。

她将那支纤细的黑色圆珠笔夹在本子中，合起棕色牛皮封面的笔记本，那些青春期的"疑难杂症"，似乎在她们相伴走过的时间中不药而愈。

冬天降临时，一场细雪纷纷而下，覆盖了整座静谧的校园。黄靖焉换上了毛茸茸的冬装，领口上雪白的绒毛看着就很柔软，她蓦地问阎嘉："妈妈和继父还会吵架吗？"

阎嘉走神了一秒，如梦初醒地摇了摇头。

她陡然发现，那个男人已经有将近十天的时间没有回家了，而母亲也不再将自己关在那间昏暗狭小的卧室里点燃一支又一支寂寞悲哀的香烟。在阎嘉复习到很晚时，她轻轻敲了敲阎嘉的卧室门。

阎嘉打开门，只看到地上放了一杯温热的牛奶，还有一张便笺纸贴在玻璃杯上。母亲的字迹很好认，连笔勾画潦草，只写了简单的四个字：

早点休息。

08

年底的学习任务繁重，阎嘉已经不能再那么频繁地造访黄靖焉的办公室，但两人仍在通信软件上保持着密切的联系。

不会的题目，生活中偶有出现的沮丧小事，她巨细无遗地向黄靖焉汇报，原本还担心她会不耐烦，毕竟成年人的世界忙碌又身不由己，就算黄靖焉不想再继续提供帮助，阎嘉也会表示理解。

可她没有。

黄靖焉还是像仲夏遇到她时那样温柔，充满耐心，在阎嘉的事情上，用心得让她不好意思。她悄悄告诉阎嘉，通信软件上的烦琐交流太打扰阎嘉的学习，因此，她写了许多的纸质书信，只等阎嘉大考结束全部寄给她。

薄薄的信笺纸，淡淡的笔墨，钢笔字迹承载起阎嘉缺席的数月光阴，然后用牛皮纸信封装起来，连同她厚重的关怀和心意一起，在不久之后投送进阎家楼下的邮箱。

阎嘉打定主意，等到六月，她要好好向黄靖焉道谢。城北新开了一处观光花圃，几十亩花田绵延成一片烈烈的海洋，那时的花一定开得很繁盛。

除此之外，她最关心的还是那本观察日记写得如何，旁敲侧击地问了几回，黄靖焉都像是没有听懂，顾左右而言他，敷衍了过去。

第八章

阎嘉书桌正对着的那面白墙上贴着张印有K大全称的白纸,用以激励自己,在累到坚持不下去时抬头看一眼,她就会再度拥有无穷的信心和动力。

在上面,她将黄靖焉的名字手写在了校名下——她和K大一样闪耀,都像是她追逐的目标。

母亲做出了和继父离婚的决定,这是阎嘉一直期待的,可看着母亲消瘦苍白的脸庞,她却高兴不起来。那个许久不见的男人回家签字,似是想说什么讥讽母亲的话,碍于阎嘉在场,他咽下了那句话。

阎嘉变得很不一样,这个羞涩怯懦的女孩从前根本不敢和他直视,如今那双黑色的眼眸像是两把锋利深沉的尖匕,无所畏惧地迎上了他的视线。

他有预感,倘若他肆无忌惮地说出伤害女人的话,这个瘦弱的女孩会毫不犹豫地扑上来和他拼命。

他并不害怕女孩的力量,两人有着悬殊的体型差距,他相信就算厮打起来,他也有足够的把握制服对方。但是为了争一时的口舌之快,徒生是非,太不划算,男人悻悻地闭上嘴,冷哼了一声。

别再等待,别再将自己的希望寄托在另一个人的身上。

阎嘉不知道母亲是什么时候领悟了这个道理,她低下头收起协议书,将那叠白纸装进牛皮纸袋里妥善封存,系上细线封口时,母亲的左眼掉下一颗硕大圆润的眼泪。

"妈妈。"阎嘉叫了一声,喉咙顷刻堵住。

她回过身来，左手缓缓扶上了阎嘉的右脸，一言未发。

阎嘉想，她大概要把这一刻记很久了。

母亲瞳孔深处的软弱荡然无存，她透过阎嘉的脸又找到了丈夫熟悉的影子，韧如蒲苇，原来他也一直站在她们身边。

阎嘉望着那个平平淡淡的荷花脑袋，发了很久的呆，最终请求道："人类观察日记的最后一章，让我来结尾，好不好？"

"好啊，"黄靖焉爽快地答应了，"你想说什么？"

"每个样本的前身，可能都是一只蝴蝶。"阎嘉低下头，认真地敲击着键盘，手机键盘的电子音效噼噼啪啪地响起，"我们飞越风雪，飞越千山，最终还是要用自己的眼睛去看这个世界。"

09

这段失败的婚姻在母亲苦苦支撑四年后宣告了结束，她带着阎嘉搬离了那栋阴暗潮湿的居民楼。

新住处离学校稍微有点远，阎嘉需要耗费更多的时间在往返学校的路上。对此她并不显得沮丧，在路上走得久了，意味着她将给黄靖焉发去更多的照片，分享她回家路上难得轻松静谧的时刻。

她就是这样的人，享受奔波的旅途，远多过执着最后一锤定音的结果。

黄靖焉说过，这很宝贵，不论正在经历着怎样令人感到痛

第八章

苦的折磨，能够在深渊里捡到星星的人永远不会让自己的生活陷入绝望的黑色。

只是她注定缺席阎嘉六月的花圃邀约了。

调令下来时，她没有对任何人说。根据学校的工作调派，她要去往新的单位，可能还要去往新的城市。

学校延长了高三学生的晚自习时间，阎嘉去黄靖焉办公室的次数更少了。

黄靖焉的办公室窗户能够远远望到学校的升旗广场，鲜艳的旗帜飘荡着，风一刻也未曾停歇。

她不知道的是，同一座宁静的校园里，阎嘉在滚滚而来的题海中倏忽抬头，和她眺望着同一面旗帜。

楼道里学生的熙攘嘈杂声如潮水般退去，黄靖焉知道她该走了。

大考在即，所以她决定把这个消息留到一切结束后，连同她的礼物一起寄给阎嘉：一本记录得满满当当的笔记本，一沓写得密密麻麻的信件，还有一只标本盒。

透明的玻璃匣里静静地放着一只昆虫标本，蝶翅中央有一块显眼的黑色斑纹，以刺目的橙黄描边，装饰着它褐色的双翼。

关于你，一个微小的人类个体，上亿人口中最平平无奇、却又最独一无二的小阎嘉。三百个日夜喜怒哀乐的沉淀，或许还有你的从前，恭喜你挣脱了'茧'，你即将奔赴新的战场，开启你人生的新课题。

在你身上，我看到了另一种可能性，而我也该去完成生命交给我的新使命。感谢那个明媚的遇见你的午后，怀念与你共同度过的每一个瞬间，无数来自人生际遇恩赐的赠礼里，我最喜欢你。

毕业快乐，我的女孩。

End

图书在版编目（CIP）数据

春日错过 / 时年 主编. —武汉：长江出版社，
2024.5
ISBN 978-7-5492-9428-2

Ⅰ.①春… Ⅱ.①时… Ⅲ.①短篇小说－小说集－中
Ⅳ.①I247.7

中国国家版本馆CIP数据核字(2024)第075313号

本书由天津漫娱图书有限公司正式授权长江出版社，在中国大陆地区独家出版中文简体版本。未经书面同意，不得以任何形式转载和使用。

春日错过 / 时年 主编
CHUNRI CUOGUO

出　　版	长江出版社
	（武汉市解放大道1863号　邮政编码：430010）
选题策划	漫娱图书　马　飞
市场发行	长江出版社发行部
网　　址	http://www.cjpress.cn
责任编辑	李剑月
特约编辑	李子若
总 策 划	两脚猫工作室
装帧设计	吴 琪
印　　刷	武汉鸿印社科技有限公司
版　　次	2024年5月第1版
印　　次	2024年5月第1次印刷

开本	889mm×1230mm　1/32
印张	7.75
字数	167千
书号	ISBN 978-7-5492-9428-2
定价	39.80元

版权所有，翻版必究。如有质量问题，请联系本社退换。
电话：027-82926557(总编室)　027-82926806（市场营销部）